술꾼들의 모국어

술꾼들의 모국어

권여선 산문

소설가의 미식법

소설집 《안녕 주정뱅이》를 내고 인터뷰나 낭독회 등에서 틈만 나면 술 얘기를 하고 다녔더니 주변 지인들이 작가가 자꾸 그런 이미지로만 굳어지면 좋을 게 없다고 충고했다. 나도 정신을 차리고 이래서는 안 되겠다 싶어 앞으로 당분간은 술이 한 방울도 안 나오는 소설을 쓰겠다고 술김에 다짐했다. 그래서 그다음 소설을 쓰면서 고생을 바가지로 했다.

A와 B가 만나 자연스럽게 술집에 들어가 술을 마시며 대화하는 내용을 쓰다 화들짝 놀라 삭제 키를 누르거나 통째로 들어내는 일이 잦다보니 글의 흐름이 끊기고 진도가 안 나가고 슬럼프에 빠졌다. 모국어를 잃은 작가의 심정이 이럴까 싶을 정도였다. 다시 나의 모국어인 술국어로 돌아가고 싶은 유혹을 느꼈지만 허벅지를 찌르며 참았다. 그 결과 주인공이 술집에 들어가긴 했으나 밥만 먹고 나오는 장면으로 소설을 마감하는 데 가까스로 성공했다. 그러자니 얼마나 복장이 터지고 술 얘기가 쓰고 싶었겠는가.

호시탐탐 기회만 엿보다 산문으로나마 음식 얘기를 쓸 수 있게 되니 마음이 아주 환해졌다. 빛을 되찾는다는 '광복光復'의 감격을 알겠다. 드디어 대놓고 술 얘기를 마음껏 할 기회를 잡았구나 싶다. "음식 관련 산문인 줄 알았는데 웬 술?"이란 반문은 내게 진정 무의미하다.

오래전 TV개그 프로 중에 '북청 물장수'라는 코너가 있었다. 물통에 물을 담아다 파는 게 일인 북청 물장수는 까막눈이라 글도 못 읽고 숫자도 모른다. 1+2가 얼마냐는 간단한 문제에도 화를 내며 고개만 내젓던 그가 신기하게도 숫자 뒤에 '통'이 붙거나 글자 뒤에 '냥'이 붙으면 사정이 달라져, 221통+178통이라든가 일흔닷 냥+서른두 냥 같은 어려운 문제도 "가만 있자" 하고 팔을 걷어붙이고 달려들어 눈을 희번덕거린 다음 대번에 맞춘다. 거기서 '통'과 '냥'을 지우면 또 못 맞추고 못 배운 자격지심에 화를 벌컥 낸다.

술꾼이 딱 그렇다. 세상에 맛없는 음식은 많아도 맛없는 안주는 없다. 음식 뒤에 '안주' 자만 붙으면 못 먹을 게 없다. 내 입맛을 키운 건 팔 할이 소주였다. 어릴 때 입이 짧았던 나는 술을 마시며 입맛을 무럭무럭 키워왔는데, 흉물스럽기 그지없는 돼지비계나 막창이 극강의 안주로 거듭나는 데는 차고 쌉쌀한 소주 한잔이면 충분했다.

삭힌 홍어 또한 술이 아니었다면 평생 못 배웠을 음식이다. 한때는 그 맛에 중독돼 홍어 잘하는 집을 찾아다니느라 '홍어복'을 따로 마련하기도 했는데, 냄새가 배지 않게 비닐 코팅된 재질에 모자가 달린 긴 코트였다. 그런데 나는 막걸리에 홍어삼합도 좋아하지만 소주에 뜨끈한 홍어찜과 펄펄 끓는 홍어탕도 즐기는 탓에 지독한 김이 머리카락뿐 아니라 눈썹까지 올올이 배어 홍어복이 큰 효과를 보지는 못했다. 하지만 그렇게 맛난 홍어도 술 없이 먹으라 하면 화가 벌컥 난다. 차라리 먹지 않는 편이 낫다. 북청 물장수의 숫자관념이 '통'과 '냥'이 없으면 작동하지 않듯, 술꾼의 미각도 안주 아닌 음식에는 작동하지 않는다. 술꾼은 모든 음식을 안주로 일체화시킨다. 그래서 말인데 옛날 허름한 술집 문이나 벽에 붙어 있던 '안주 일체'라는 손글씨는 이 땅의 주정뱅이들에게 그 얼마나 간결한 진리의 메뉴였던가.

내게도 모든 음식은 안주이니, 그 무의식은 심지어 책 제목에도 반영되어 소설집 《안녕 주정뱅이》를 줄이면 '안주'가 되는 수준이다. 지인들은 벌써 내가 소설에서 못 푼 한을 산문에서 주야장천 풀어내겠구나 걱정들이 태산이지만 마음껏 걱정하라고 말해주고 싶다. 무엇을 걱정하든 그 이상을 쓰는 게 내 목표다. 아, 다음 안주는 뭐 쓰지? 생각만으로도 설렌다.

차례

5부 나의 별미 별식

1부

일취월장의
봄

라일락과
순대

나는 어려서 약골인 데다 편식도 심했다. 편식이 심해서 약골이 되었는지, 원래 약골이었는데 편식이 심해 더 약골이 되었는지 모르겠지만, 전해 듣기로는 편식을 하고 말고 할 주제가 못 되는 젖먹이 시절부터 약골이었다고 하니 선천적 약골이었을 가능성이 높다. 어떤 성급한 동네 의사는 내가 네 살 때 기관지가 좋지 않아 평생 바닷가에서 요양하며 살지 않으면 요절하기 십상이라는 망언을 해 우리 어머니를 기함하게 했다.

편식에 대한 기억은 지금 돌이켜 생각해도 부끄러울 정도로 많다. 요즘 아이들은 주로 파나 시금치 같은 야채를 싫어한다는데 내 경우엔 전혀 거부감이 없었다. 생선도 잘 먹는 편이었다. 다만 육고기에 대한 편식이 아주 심했다. 소고기는 연탄불에 직화로 구운 불고기가 아니면 국이고 찜이고 조림이고 먹지 않았고, 닭고기는 오로지 통닭의 가슴살 빼고는 백숙이고 닭볶음탕이고 거들떠보지 않았다. 돼지고기는 조리법을 불문하고 아예 입에 대지 않았다. 나는 고등학교를 졸

업할 때까지 육류라고는 양념하여 연탄불에 고슬고슬 구운 소불고기와 전기구이 통닭의 퍽퍽한 가슴살, 두 가지밖에 먹지 않았다.

　어느 날 어머니는 나를 위해 부추전을 부쳐놓았다. 나는 부추전을 아주 좋아했고 어머니는 제철 부추가 내 빈혈에 도움이 되리라고 생각했다. 그런데 그날따라 부추전에서 좀 이상한 냄새가 났다. 내가 부추전을 한 입 먹고 바로 손에 뱉어내는 걸 보고 어머니는 어쩜 그렇게 귀신같으냐며 놀라셨다. 어떻게든 고기를 먹여보려고 어머니가 부추전에 소고기 다짐육을 아주 조금 넣었던 것이다. 나는 국물 한 숟갈만 떠먹어보고도 소고기가 한 점이라도 들어갔는지 아닌지 알아냈고, 감자조림 하나만 먹고도 닭고기 국물을 넣었는지 아닌지 알아냈다. 그런 의미에서 나는 놀라운 감별능력을 타고난 예민한 미각의 소유자였다.

◆◆◆

　그런 유치한 입맛을 가진 채로 나는 성년이 되었다. 대학에 들어가서 선배들을 따라 학사주점에 갔을 때 나는 안주로 나온 김치찌개에 돼지비계가 둥둥 뜬 것을 보고 기겁을 했다. 비위가 상한 나는 찌개의 국물도, 찌개에 든 두부도 먹지 않았다. 그 주제에 막걸리도 아닌 소주만 좋아해서, 깍두기만 먹으며 독한 소주(당시 소주는 25도였다)를 마셨다. 가끔 훌륭한 선배와 친구들이 파전이나 도토리묵 같은 안주를 시켜주기도 했다.

　학교 근처에 있는 유명한 순대촌에 갔을 때다. 연탄불을 피워놓아 가스 냄새가 가득한 순대촌 천막 안에는 순대를 파는 조그만 가게 수십여 개가 다닥다닥 붙어 있었다. 삶아서 바로 썰어 내거나 야채를 넣고 양념에 볶아 내거나 간에, 그 드넓은 천막 안 모든 가게의 메뉴는 오직 순대 한 가지뿐이었다. 내가 소주에 곁들일 수 있는 안주라고는 순대를 찍어 먹는 붉은 고춧가루가 섞인 소금뿐이었다. 그 당시 순대촌에서 팔던 순대가 돼지 내장에 선지를 넣은 진짜 순대가 아니라 식용 비닐에 당면을 넣은 분식집 순대라는 사실은 별로 중요하지 않았다. 어쨌든 순대란 돼지에 속하는 음식이었고, 그것도 돼지의 내장과 피로 만든 끔찍한 음식이라는 사실만이 내 머릿속에 무섭게 각인되어 있었다. 소금만 찍어 먹는 내가 불쌍해 보였던지 가게 아주머니가 순대볶음에 넣는 야채를 한 접시 담아 내주었다.

연탄가스 때문이었는지 부실한 안주 때문이었는지 순대촌에서 술을 먹은 날 나는 만취했다. 아침에 일어나보니 친구의 자취방이었다. 어째서 이런 사태에 이르렀는지 아무 기억도 나지 않았다. 아침에 학교 가는 길에 나는 심하게 토했는데, 다행히 라일락꽃이 만개한 나무 아래여서 토하고 나서도 기분이 좋았다. 꽃향기에는 정말 신비로운 치유의 힘이 있는 것 같았다. 그런데 이상하게도 내가 토한 내용물이 심히 거무죽죽한 빛깔을 띠고 있었다. 내가 수줍어하며 그 사실을 고백하자 나를 하룻밤 재워준 친구가 말하기를, 그건 너무도 당연한 결과인데 내가 지난밤에 순대를 많이 먹어서 그렇다는 것이었다. 친구의 증언에 의하면, 나는 벗들의 권유로 처음엔 오만상을 찡그리며 순대 하나를 먹었지만 오물오물 씹고 나더니 의외로 맛이 괜찮다며 또 하나를 먹었고, 급기야 나중에는 너무 맛있다며 순대를 마구 집어삼켰다는 것이었다. 믿을 수 없었지만 친구의 증언 외에 내 속에서 나온 강력한 물증까지 있으니 어쩔 도리가 없었다.

그 후로 나는 순대를 잘 먹게 되었을 뿐만 아니라 다소 역겨운 안주가 나와도 '에잇! 나는 순대도 먹은 년인데 이 정도야!' 하는 정신력으로 눈 딱 감고 먹게 되었다. 김치찌개의 비계까지는 못 먹어도, 두부나 국물, 김치 건더기 정도는 얼마든지 건져 먹게 되었다. 소고기는 비싸서 못 먹는 지경이었고, 어쩌다 프라이드치킨이라도 먹게 되면 날개, 다리, 목 등 부위를 가리지 않고 깨끗이 쪽쪽 발라 먹는 수준에 이르렀다.

◆◆◆

    그렇게 일취월장, 내 입맛은 소주와 함께 무럭무럭 자라났다.

    한때 나는 급진적인 연구자들이 활동하는 불온한 연구실에 소속된 적이 있었는데, 일이 늦게 끝난 어느 날 동료 연구자들이 연구실 근처에 순댓국을 잘하는 집이 있으니 가자고 했다. 순대로 국도 끓이는 줄은 몰랐기에 내심 좀 놀랐지만 처음 순댓국을 먹으러 가는 길에 나는 제법 의기양양했다. '으하하, 순댓국이라, 내가 순대 먹은 경력이 무려 칠팔 년이 넘는구나' 하는 자랑스러운 마음이었다. 그런데 그 집 순댓국을 보고 나는 불길한 느낌에 휩싸이지 않을 수 없었다. 순댓국에 순대가 없었다. 내가 그 사실을 지적하자 한 친구가 거참 좋은 지적을 했다며, 싸구려 순대 따위를 넣지 않는 바로 그 점이 바로 이 집 순댓국의 진가를 말해준다는 것이었다. 그러면서 그 친구는 순대 없는 순댓국에 들어 있는 건더기를 하나씩 들어가며 내게 설명을 해주었다.

 "이건 돼지 귀, 이건 머릿고기, 이건 곱창……."

 그리고 생판 처음 듣는 오소리감투, 애기보 등의 이름이 쏟아져 나왔다. 나는 곧바로 주눅이 들었다. 역시 음식의 세계는 넓고 차마 못 먹을 음식은 많았다. 어느 날 술에 만취해 순대 없는 순댓국을 퍼먹게 되기 전까지 나는 오랫동안 소주에 김치와 깍두기, 새우젓만 찍어 먹지 않으면 안 되었다.

 지금까지 나는 소주를 마시며 내 입맛을 무진장하게 확장시켜왔다고 자부한다. 미각적 도약을 거듭한 결과 이제 삭힌 홍어까지 못 먹는 것이 거의 없다. 그렇게 내가 먹는 음식의 가짓수를 날로 늘려나간 것과 반대로 우리 어머니는 어느 날 돌연 금욕적인 종교에 입문해 먹는 음식의 가짓수를 날로 줄여나갔다. 그토록 즐기던 육고기는 물론이고 생선이나 해물조차 거부하는 순수한 채식주의자가 되신 것이다. 어머니는 오래 전의 나처럼 고기 한 점, 멸치 한 마리라도 국물에 들어가면 귀신같이 알고 뱉어내신다. 아마 내가 어머니로부터 예민한 미각을 물려받은 것이겠지만, 그 유난한 편향이 시간상 거꾸로 진행된 탓에 마치 어머니가 나의 어릴 때 미각을 물려받은 것 같은 느낌이 든다. 요즘도 어머니는 종종 내가 편식하던 시절에 저질렀던 부끄러운 짓들을 하나하나 들추어내며 기쁨에 젖곤 하시는데, 그 말씀들 속에는 그토록 까다로웠던 딸의 귀족적인 입맛이 짐승의 수준으로 타락한 데 대한 은근한 비난이 숨어 있는 듯도 하다.

◆◆◆

라일락꽃이 필 때면 나는 순댓국이 먹고 싶다. 우리 동네에도 순댓국을 아주 잘하는 집이 있다. 이 집도 역시 순대의 부재로 순댓국의 진가를 발휘하는 집인데, 나는 가끔 혼자 가서 순댓국을 시켜 먹곤 한다. 들깨가 듬뿍 든 순댓국에 새우젓을 넣어 간을 맞추고 돼지 귀, 오소리감투, 애기보 등을 먼저 건져 먹는다. 시원하고 달달한 깍두기에 갓 무쳐낸 배추 겉절이가 입맛을 돋

운다. 매운 땡초를 된장에 찍어 먹고 뽀얀 순댓국 국물을 훌훌 떠먹으면 뇌수가 타는 듯한 쾌감이 샘솟는다. 거기에 소주 한 병을 곁들이면 세상 부러울 게 없다.

다만 내가 아직도 극복하지 못한 것이 있다면, 혼자 순댓국에 소주 한 병을 시켜 먹는 나이 든 여자를 향해 쏟아지는 다종 다기한 시선들이다. 내가 혼자 와인 바에서 샐러드에 와인을 마신다면 받지 않아도 좋을 그 시선들은 주로 순댓국집 단골인 늙은 남자들의 것이다. 때로는 호기심에서, 때로는 괘씸함에서 그들은 나를 흘끔거린다. 자기들은 해도 되지만 여자들이 하면 뭔가 수상쩍다는 그 불평등의 시선은 어쩌면 '여자들이 이 맛과 이 재미를 알면 큰일인데' 하는 귀여운 두려움에서 나온 것인지도 모른다. 그렇게 생각하면 한결 마음이 편해진다. 두려움에 떠는 그들에게 메롱이라도 한 기분이다. 누가 뭐래도 나는 요절도 하지 않고 불굴의 의지로 반세기 가깝게 입맛을 키우고 넓혀온 타고난 미각의 소유자니까.

모댓쿠인 고기

깍두기

그리고 소주

만두다운
만두

세상에 만두를 안 좋아하는 사람이 있다는 걸 알고 내가 얼마나 충격을 받았는지 모른다. 어떤 음식이든 좋아하는 사람이 있고 싫어하는 사람이 있는 게 당연한데도, 그게 만두인 경우에 한해서는 내 이해력이 딱 정지하고 만다. 어떻게 만두를 좋아하지 않을 수가 있는지 도저히 이해가 안 된다. 만일 그런 사람이 있다면, 시판되는 냉동만두나 포장마차에서 파는 속이 한 티스푼 정도밖에 안 들어간 '피'투성이 만두밖에 먹어보지 않은 사람이 분명하다. 집에서 빚은 만두나 장인이 만들어 파는 수제만두를 못 먹어본 사람이 틀림없다. 나는 그렇게 생각한다. 만두에 관한 한 누가 뭐래도 나는 단호하다. 기본적으로 만두는 매우 맛있을 수밖에 없는 음식이다. 이건 변하지 않는다. 만두가 맛없어지기 위해선 굉장히 만두스럽지 않은 일이 벌어져야 한다.

◆◆◆

이건 꼭 만두의 맛과 만두에 대한 열광의 얘기는 아니다. 그러나 결과적으로는 그렇기도 하다.

대학 다닐 때였다. 어느 봄날 나는 좀처럼 하지 않던 공부를 하고 늦은 저녁에 도서관을 나왔다. 적당히 고요하고 적당히 피로한, 그런 강아지풀 같은 기분을 뭐라고 설명할 수 있을까. 그런 기분을 느끼기 위해서라도 가끔은 공부라는 걸 할 필요가 있다는 생각이 들었다. 그때 마침 도서관 입구에서 두 명의 선배를 만났는데, 그 선배들 역시 좀처럼 하지 않던 공부를 하고 나오는 참인 것 같았다. 술집이라면 몰라도 도서관 입구에서 만나다니, 우리는 각자의 눈을 의심하며 놀라움을 교환했다. 우리는 오랜만에 보람찬 하루를 보낸 자들의 유쾌를 잔뜩 과시하면서 교정을 걸어 내려왔다. 교문 즈음에 도착했을 때 한 선배가 그럼 우리 출출한데, 하고 말머리를 따자 다른 선배가 그렇지, 하며 고개를 끄덕였다. 나는 다소곳이 기다렸다.

"만두나 먹으러 갈까?"

"그거 좋은 생각이야. 만두 하면 또 왕짱구지."

　나는 그들을 도서관 앞에서 만났을 때보다 더 놀라는 한편 말할 수 없는 실망감에 사로잡혔다. 당장 술집에 달려가 술을 퍼마셔도 누가 뭐라 할 수 없을 만큼 보람찬 하루를 보낸 후에 어디서 무엇을 먹는다고? 왕짱구에서 만두를? 물론 나는 만두를 좋아했다. 하지만 그날은 좀처럼 하지 않던 공부를 해서 그런지 머리도 묵직한 데다 목도 칼칼했기에 시원한 막걸리나 맥주 같은 게 먹고 싶었다. 그런데 분식집이라니. 나는 불만스러운 얼굴로 선배들의 뒤를 따르면서, 이자들이 좀처럼 하지 않던 공부를 하더니 머리가 어떻게 된 게 분명하다고 생각했다. 그러나 역시 선배들은 선배들이었다. 괜히 화투 쳐서 선배가 된 게 아니었다.

　왕짱구 분식에 들어가 자리를 잡고 앉자 한 선배가 큰 소리로 찐만두 3인분을 시키더니 다른 선배에게 물었다.

"일단 시작은 시원한 막걸리로 하는 게 어때?"

"좋아. 막걸리부터 일 잔 하고 소주는 그다음에 먹자고."

다른 선배가 흔쾌히 동의했다.

오오, 멋진 선배님들이시여! 분식집에서도 술을 파는 줄 몰랐던 이 어리석은 후배를 용서하시길.

왕짱구 분식의 주인 부부는 역할을 나누어, 아저씨는 만두를 빚고 아주머니는 만두를 쪘다. 아저씨는 밀가루 반죽을 가래떡처럼 길게 만들어 칼로 적당하게 토막을 내놓았다. 그리고 한 토막의 반죽을 작은 밀대로 슬쩍 밀어 동그랗고 얇게 만든 다음 숟가락으로 만두소를 떠 넣고 어물쩍 주름을 잡아 만두를 빚었는데 그 시간이 이 초 정도밖에 걸리지 않았다. 슬쩍 쓱 어물쩍, 그러면 끝이었다. 불필요한 손놀림은 전혀 없었다. 어쩌면 그렇게 양손이 예술적으로 재빠르게 조응하는지 보면서도 믿을 수 없었다. 내가 만두 하나를 먹는 동안 아저씨는 열 개가 넘는 만두를 빚었다. 그런데 이건 뭐, 아주머니의 손놀림도 남편 못지않았다. 흰 면보를 씌운 커다란 솥에 만두를 찌는데 한 솥에 거의 백여 개의 만두가 들어가는 것 같았다. 솥뚜껑을 열면 만두가 매스게임을 하는 아이들처럼 딱딱 줄을 맞춰 둥글게 도열해 있었다. 아주머니는 그 뜨거운 만두를 한 번에 다섯 개씩 만두 귀를 모아 잡아 접시에 번개같이 얹었다. 얹으면서 어떤 요령을 부리는지, 접시에 얹힌 만두는 서로 붙지 않도록 정확히 일 밀리미터 정도의 간격을 두고 떨어져 있었다.

왕짱구 분식의 만두는 걀쭉하니 한입에 먹기 딱 좋은 크기로, 얇고 쫄깃한 피 속에 고기와 야채가 들어 있고 씹으면 뜨거운 육즙이 살짝 배어 나오는, 맛이 아주 기가 막힌 만두였다. 그날 선배들은 만두를 인원수에 맞게 3의 배수로 주문했고, 우리는 도합 12인분의 만두를 먹었다. 그리고 나는 그날 두 가지의 깨달음을 얻었다. 선배들의 대붕 같은 뜻을 참새같이 방정맞은 내 생각으로 섣불리 재단해선 안 된다는 것. 그리고 만두는 더할 나위 없이 술과 잘 어울린다는 것.

◆◆◆

　만두가 술과 잘 어울린다는 말은 꼭 안주로서 좋기만 하다는 뜻은 아니다. 내가 그 이후에 스스로 깨달은 바, 만둣국은 해장에도 탁월하다. 그러니까 술을 먹을 때도 만두, 술을 깰 때도 만두라는 얘기다. 만두 만드는 방식은 집집마다, 계절마다 다르다. 가장 흔한 고기만두, 김치만두가 있고, 당면을 넣은 잡채만두, 새우를 넣은 새우만두, 여름이면 쉽게 상하지 않는 재료를 볶아 넣은 편수만두 등이 있다.

　내가 가장 좋아하는 만두는 고기, 두부, 김치, 숙주, 부추, 당면 등이 골고루 들어간 정통 만두이다. 그런데 이상한 건 똑같이 만든다고 만드는 데도 매번 만두 맛이 조금씩 달라진다는 것이다. 엄밀하게 재료의 양을 저울로 계량해서 하는 게 아니라 그럴 수도 있고, 돼지고기의 기름 함량이나 김치의 익은 정도가 달라 그럴 수도 있다.

　만두는 최소한 두 사람 이상이 모여 만들어야 한다.

왕짱구 분식의 부부처럼 누구는 빚고 누구는 쩌야 하기 때문이다. 그래서인지 만두에는 잔치의 분위기가 배어 있다. 빚어놓은 만두 모양만 봐도 마치 식구들이 한방에 가득 모여 있는 느낌이 든다. 만두는 뭐니 뭐니 해도 바로 빚어 갓 쩌낸 게 제일 맛있다. 만들기 번거로운 만두를 굳이 만들어 먹는 재미도 여기에 있다. 찐만두가 질리면 프라이팬에 구워 먹으면 되고, 구운 만두가 질리면 만둣국을 끓여 먹으면 된다. 나는 해장에 좋은 만둣국을 끓이는 나만의 비법이 있다. 어쩌면 다들 아는 비법일지 모르겠다.

평소에 식사로 먹을 만둣국을 끓일 때는 멸치로 맛국물을 내지만, 해장 만둣국을 끓일 때는 공을 들여 소고기 양지나 사태를 덩어리째 넣고 푹푹 끓여 맛국물을 낸다. 그러니 술을 많이 마시게 될 것 같은 예감이 드는 시기엔 미리 소고기로 국물을 만들어놓는 게 좋다. 산으로 들로 다니며 야외 술자리가 많은 봄가을이나, 이런저런 모임이 많은 겨울철 연말연시, 무더위에 술 먹고 몸 축 가는 여름 등 일 년 사시사철 틈틈이 만두를 빚어놓고 소고기 국물을 끓여놓는다. 그렇게 해두면 안주든 해장이든 걱정할 일이 없다.

끓여놓은 국물은 차갑게 식혀 동동 뜬 기름기를 걷어내고 냉장고에 넣어둔다. 그리고 건진 소고기 덩어리는 실처럼 가늘게 찢어 매운 고춧가루와 참기름과 파를 넣어 무쳐 냉장고에 넣어둔다. 그렇게 하면 다 된 것이다. 이제 해장 만둣국을 끓이는 건 라면 끓이기보다 쉽다. 뚝배기에 맑은 소고기 국물을 넣고 끓이다 만두를 넣고, 만두가 익으면 매운 고춧가루에 버무린 소고기 고명을 넉넉히 얹는다. 그냥 먹어도 되지만 나는 국자로 만두를 눌러 대충 터뜨려 먹을 때도 많다. 참 뜨겁고 맵고 맛있다. 먹고 난 뒤에도 든든함이 오래간다. 때로는 내가 술이 좋아서가 아니라 해장 만둣국이 먹고 싶어 술을 먹는지 모르겠다는 생각이 들 정도다. 적당히 고요하고 적당히 피로한 강아지풀 같은 기분을 맛보기 위해 좀처럼 하지 않던 공부를 몰아서 하고 저녁에 도서관을 나서던 그 봄처럼.

◆◆◆

　왕짱구 분식은 없어진 지 오래이다. 지금은 칠십 대가 되었을 그들 부부는 어디서 무얼 하고 있을까. 그리고 오래전 내게 큰 깨달음을 주었던 그 선배들은 또 지금 어디서 무얼 하고 있을까. 고작 나보다 두 살밖에 많지 않았는데도 그 당시 내 눈에는 모르는 게 없어 보였던, 잘 빚은 만두처럼 적당히 미끈하고 적당히 쫀득했던 그들은…….

김밥은
착하다

김밥은 너그러운 음식이다. 김과 밥만 있으면 나머지 재료는 무엇이어도 상관없다. 김밥은 아름다운 음식이다. 재료의 색깔만 잘 맞추면 이보다 어여쁜 먹거리가 없다. 그래서 김밥에는 꽃놀이와 나들이의 유혹이 배어 있는지 모른다. 지참하기 간단해서가 아니라 그 자체가 꽃밭을 닮아서.

김밥을 파는 프랜차이즈 식당이 널린 요즘 세대들에겐 어떨지 모르지만 내 나이 정도 되는 사람들에게 김밥은 일 년에 두 번 소풍날만 먹는 별식이었다. 소풍날 아침엔 김밥 마는 고소한 냄새에 저절로 잠이 깨곤 했다. 그러면 곧바로 일어나 부엌으로 달려갔는데, 어머니가 아무리 물부터 마시고 먹으라고 잔소리를 해도 늘 김밥 꼬투리부터 먼저 집어 입에 넣었다. 금방 말아놓은 데다 속재료가 듬뿍 든 김밥 꼬투리의 황홀한 맛은 뭐라 표현하기 어렵다.

나는 툭하면 집에서 김밥을 말아 먹는다. 아무리 자주 먹어도 질리지 않는 것이, 김과 밥만 빼고 속재료를 각양각색으로 바꿀 수 있기 때문이다. 뭐니 뭐니 해도 내가 제일 좋아하는 김밥은 단무지, 달걀, 시금치, 당근, 우엉 등이 들어간 고전적인 스타일의 정통 김밥이다. 이런 김밥이 맛도 담백하고 색도 가장 선명하다. 만두도 정통, 김밥도 정통이 좋다. 그러나 모든 재료를 구색 맞춰 늘 준비해두긴 어렵다. 그래서 단무지가 없으면 김치를 넣고 시금치가 비쌀 땐 오이로 대체한다. 우엉조림이 번거로우면 표고버섯이나 유부를 간장에 조려 넣고, 간편하게 햄이나 어묵을 넣을 때도 있고, 옛날 생각이 나면 독특한 향을 내는 싸구려 소시지를 넣기도 한다. 곧바로 먹을 김밥엔 샐러드를 넣어도 좋고, 이것저것 다 귀찮은 날엔 충무김밥처럼 김을 사등분해 밥만 넣고 손가락 크기로 말아 깍두기나 열무김치를 곁들여 먹거나 젓갈이나 장아찌를 얹어 먹는다. 특히 어리굴젓과 삭힌 고추장아찌가 손가락 김밥과 잘 어울린다.

♦♦♦

가끔은 김밥을 썰지 않고 통으로 들고 먹는 것도 좋아한다.

내게 김밥을 썰지 않고 그냥 들고 먹을 수 있다는 걸 처음으로 알려준, 아니 직접 보여준 사람은 숙모였다. 친척들끼리 나들이를 갔을 때의 일이다. 그때 나는 아마 일곱 살이나 여덟 살쯤이었을 것이다. 그 숙모는 보기 드물게 아름답고 키가 크고 날씬한 분이었는데, 다른 여자친척들의 시기 섞인 험담에 따르면 공부가 짧아 시집올 땐 한글도 못 깨친 상태였다고 한다. 그런데 삼촌이 결혼하고 나서 밤마다 숙모에게 한글을 가르쳐 떼게 해주었다는 것이다. 풀밭 위에 돗자리를 펴고 앉아 각자 집에서 마련해 온 음식을 펼쳤을 때 알록달록 화려한 도시락들 사이에 거무죽죽한 도시락이 하나 놓였다. 그 숙모가 김밥을 썰지 않고 그대로 담아와 둥글게 말린 김밥의 등이 시커멓게 번들거리고 있었다. 썰지 않은 김밥을 어찌 먹겠느냐는 사람들의 쑥덕

거림에 그 숙모는 태연하게 말했다.

"제가 먹을 테니 걱정들 마세요."

그리고 자기가 싸 온 도시락에서 김밥 한 덩이를 꺼내 들고 먹기 시작했다. 남자어른들 보기 민망하게 저게 무슨 꼴이냐며 여자어른들은 남몰래 혀를 쩟쩟 찼지만 나는 썰지도 않아 속에 무엇이 들었는지 알 수도 없는 숙모의 통김밥이 왜 그리 먹고 싶었는지 모른다. 그것도 딱 그 숙모처럼 양손으로 움켜쥐고 한입씩 크게 잘라 먹는 식으로. 생각해보면 그때 여자어른들은 자기들이 보기 싫으면 보기 싫다 하지 왜 남자어른들 보기 민망하다고 남자들의 눈을 경유해 말했던 것일까. 자기들도 그렇게 먹고 싶은데 차마 못 그러니까 분해서 그랬던 것일까.

그로부터 몇 년 뒤 그 숙모와 삼촌은 이혼을 했는데, 여자친척들의 쑥덕거림에 의하면 그 숙모가 춤바람이 났다든가 했다는 것이다. 숙모가 삼촌에게 아이들을 봐서라도 한 번만 용서해달라고 빌고 애원했다지만, 삼촌의 의지보다 그 숙모에게 반감을 가지고 있던 여자친척들의 의지가 더 크게 작용해 결국 두 사람은 이혼하고 말았다. 그 후로 나는 그 숙모를 본 적이 없었고, 오랜 시간이 지나 내가 김밥을 통으로 들고 먹는 일이 생기기 전까지는 그 숙모도, 그녀가 들고 먹던 통김밥도 까맣게 잊고 있었다.

◆◆◆

내가 서른 살이나 서른한 살쯤이었을 때, 술자리에서 우연히 만나 부쩍 친해진 여자친구가 있었다. 그 친구는 어렸을 때 아버지를 여의었는데, 그 친구의 아버지는 정치범으로 잡혀가 모진 고문을 겪다가 결국 사형을 당했다고 했다. 그 사건은 나도 대학 때 들어 알고 있던 사건으로, 독재 시절의 사법살인으로 유명한 사건이었다. 그렇게 역사적인 사건의 피해 당사자를 만나고 보니 놀랍기도 하고 착잡하기도 했다. 그 친구는 매력적인 생김새에 키도 크고 늘씬한 데다 공부도 짧지 않았다. 그 친구와 나는 자주 만나 술을 마셨다.

날씨가 화창하고 따뜻한 어느 봄날, 그 친구와 또 다른 몇몇 친구들이 충동적으로 그 친구의 아버지 묘소를 찾아가기로 한 적이 있었다. 경기도 북쪽 외곽에 있는 공원묘지였다. 무덤은 잘 손질되어 있었고 한쪽에는 굽은 소나무 한 그루가 서서 정겹게 무덤을 내려다보고 있었다. 우리는 햇살을 받으며 무덤에 기대앉아 이런저런 얘기를 나누다 문득 뭔가 중요한 걸 빠뜨렸다는 생각이 들었다. 술! 그 친구와 다른 친구 둘이 읍내까지 걸어가 막걸리와 김밥을 사 왔다. 한 친구가 김밥을 뜯어보더니 큰일 난 듯이 외쳤다.

　"어떡해? 김밥을 안 썰고 그냥 가져왔어."

　그러자 그 친구가 태연하게 말했다.

　"일부러 그냥 달라고 했어. 그렇게 먹는 게 더 맛있어서."

　우리는 그 친구 아버님께 술을 한 잔 올리고 굽은 소나무 그늘에 둘러앉아 머슴들처럼 한 손에는 막걸리 통을, 다른 손에는 통김밥을 들고 마시고 먹기 시작했다. 이렇게 먹으니까 더 맛있지 않냐고 그 친구가 물었

는데 정말 그랬다. 손에 쥐고 커다랗게 베물어 먹는 김밥은 더 풍성하고 야생적인 맛이 났다. 다만 앞니가 심하게 부정교합인 한 친구만은 김밥을 어금니로 물어 뜯느라 매우 흉하고 정신 사나운 꼴을 보였다.

그때 나는 그 숙모를 생각했고, 예쁘고 늘씬한 여성들은 모두 김밥을 통으로 먹는가 의아해했다. 그 친구와 나는 몇 가지 일로 사이가 틀어져 이제는 서로 만나지 않게 되었는데, 그 후 어느 날 나는 다시금 의아해졌다. 나는 김밥을 통으로 먹는 여자들과는 인연이 끊기는 운명인가.

◆◆◆

원고 마감이 코앞에 닥쳐 꼼짝없이 글을 써야 하는 날이면 나는 엄숙한 마음으로 목욕재계를 하는 대신 김밥을 만다. 이때 조금 신경 써서 속재료가 각기 다르게 세 종류의 김밥을 만다. 이렇게 해두면 끼니 걱정 없이 삼시 세 때 각기 다른 김밥을 먹으며 글에만 집중

할 수 있다. 컴퓨터 옆에 놓고 먹기도 하고 오면가면 집어 먹기도 한다.

아침엔 샐러드김밥을 먹는다. 우선 삶은 달걀, 크래미, 오이, 양파, 양상추 등을 마요네즈에 빡빡하게 버무린다. 그리고 김 위에 밥을 얇게 펴고 샌드위치햄을 두 장 펼치고 그 위에 샐러드를 넉넉히 얹어 만다. 샌드위치햄이 칸막이 역할을 해 밥이 샐러드와 섞여 축축해지는 걸 막아준다. 그래도 샐러드김밥은 가급적 빨리 먹는 게 좋다. 그러니 아침에 신선할 때 바로 먹는 것이다.

점심엔 두툼한 달걀말이가 든 고전적인 김밥을 먹는다. 김밥에 넣는 달걀말이에도 야채를 다져 넣으면 좋다. 당근, 양파, 브로콜리 등 냉장고에 있는 아무 야채나 넣어도 되지만 내가 제일 좋아하는 달걀말이는 오직 파만 듬뿍 다져 넣은 파달걀말이다. 온갖 야채를 넣은 볶음밥보다 오로지 파만 듬뿍 넣은 중국식 파볶음밥을 좋아하는 이치와 같다. 단무지, 당근볶음, 시금치, 우엉조림에 두툼하게 썬 파달걀말이를 넣고 김밥을 말아두면 한참 놔두었다 먹어도 향긋하고 달큰한 파맛이 은근하여 맛있다.

저녁엔 좀 매콤하고 짭짤한, 자극적인 김밥을 먹는다. 지리멸과 매운 고추를 볶아 넣은 멸추김밥이 제격이지만, 그게 아니면 오징어채무침이나 무말랭이무침같이 맵고 물기 없는 반찬을 아무거나 넣으면 된다. 매운 게 싫을 땐 짭짤하고 고소한 장조림김밥도 괜찮다. 보통 김밥은 밥의 밑간을 참기름, 소금, 깨로 하는데 장조림김밥을 만들 땐 버터를 넣는다. 나머지 속재료를 똑같이 넣고 소고기장조림만 추가하면 된다. 버터 맛과 장조림 맛이 어울려 어린아이들이 좋아한다.

이렇게 갖가지 김밥을 말아놓았다고 해서 글이 엄청 잘 써지는 것 같지는 않다. 하지만 적어도 글을 쓰다 배고프고 우울해져 다 때려치우는 자포자기 사태를 방지하는 효과는 있다. 그게 어딘가. 어쨌든 김밥은 착하다.

꽃 중의 꽃
부침개꽃

잔치와 명절을 대표하는 음식으로는 전이 첫손가락에 꼽힌다. 기름에 부치거나 지져, 부침개라고도 하고 지지미라고도 하는 이 음식을 나는 어렸을 때 '부침질'이라고 불렀다. 고기를 안 먹는 못된 식성 탓에 늘 지방 섭취가 부족한 내게 어머니는 식물성 기름이라도 듬뿍 먹일 요량으로 종종 이렇게 묻곤 했다.

"부침질 해줄까?"

'부침질'이란 말을 어머니는 부침개를 부치는 행위로 말했지만 나는 부친 결과물인 부침개로 알아들었다. 어느 날 친척분이 내게 어떤 음식을 좋아하느냐고 물어서 내가 당당히 "부침질요!"라고 말하지 않았다면 나는 아직도 부침개와 부침질을 같은 말로 알고 있을 것이다. 그도 그럴 것이, 그전까지 어머니와 나의 의사소통에는 아무 문제가 없었기 때문이다.

"부침질 해줄까?"

"네, 그런데 무슨 부침질요?"

"부추 부침질."

"좋아요. 부추 부침질 해주세요."

이렇게 서로 빗나가면서도 정확한 결과에 이르는 식으로.

♦♦♦

평소에는 부추전, 감자전 같은 제철 야채로 전을 부쳐 먹었지만, 명절 때면 조금 특별한 전을 먹을 수 있었다. 누구나 좋아해 가장 먼저 동이 나는 동그랑땡이나 소고기전을 나는 아예 거들떠보지도 않았다. 동태전, 두부전, 호박전도 있었지만, 내가 가장 좋아한 건 가자미전이었다. 요즘은 가자미전을 보기 힘들지만, 내가 어렸을 때만 해도 머리 떼고 꾸덕꾸덕 말린 참가자미에 밀가루와 달걀옷을 입혀 전을 부치는 집들이 많았다. 부침개용 참가자미는 어른 손바닥보다 조금 작은, 소녀의 손바닥만 한 것이 딱 좋다. 가자미전이 노릇노릇 부쳐져 채반에 얹히면 나는 먹고 싶어 조급증이 났다. 어머니가 한 김 식어 따뜻한 가자미전을 접시에 얹어 내게 건네던 순간을 나는 잊지 못한다. 온전

한 한 마리의 가자미전이 내 것이 되던 그 황홀한 순간을. 막내라 그런지 나는 온전하다는 것에 항상 집착했다. 온전한 나만의 것.

언니들이 동그랑땡이나 소고기산적을 날름날름 집어 먹을 때, 나는 자세를 똑바로 하고 가자미의 구조를 속으로 가늠하며 조심스러운 젓가락질로 달걀옷을 살살 벗겨 가시를 발랐다. 간간하고 쫄깃한 가자미 살에 벗겨놓은 달걀옷을 얹어 먹으면 참 맛있었다. 나는 아직도 젓가락질을 제대로 못하고 가위표 모양으로 하는데, 매사에 엄격했던 어머니가 내 젓가락질을 교정하지 않은 까닭이 아마 손바닥만 한 가자미의 가느다란 가시까지도 섬세하게 발라 먹는 내 실력 때문이 아니었을까 싶다. 저 흉한 젓가락질로도 저토록 놀라운 신공을 발휘하는구나, 어머니는 속으로 감탄하셨을 것이다.

한 번도 먹어본 적이 없음에도 나는 한때 화전花煎에 매혹되었다. 고 박경리 선생님의 대하소설 《토지》를 읽어본 사람이라면 누구나 알겠지만, 주인공인 서희의 어머니 별당아씨는 양반집 며느리로서 넘어서는 안 될 선을 넘는다. 외간 남자와 눈이 맞아 도망을 친것이다. 별당아씨가 병으로 죽어가면서 사랑하는 남자에게 띄엄띄엄 속삭인 말은 지금까지도 음성 지원이 되는 듯 내 귓가에 생생하다.

"산에 진달래가 필 텐데요…… 그 꽃 따 화전을 만들어 당신께 드리고 싶어요."

봄이 계절의 여왕이듯, 화전은 전의 여왕이다. 그 후로 도대체 어디 가야 화전을 맛볼 수 있나 찾아 헤매는 척했지만 나는 이미 예감하고 있었다. 실제로 화전이 별 맛이 없으리라는 것을. 내가 절대 화전을 먹어선 안 된다는 것을. 화전은 가자미전처럼 먹어치울 수 있는 음식이 아니라, 연인이 보내온 엽서처럼 오래도록 보존해야 하는 이미지라는 것을.

　그 후 나는 또 다른 전에 매혹되었다. 그때 나를 사로잡은 전은 먹을 수도 있을뿐더러 먹어야만 희열을 느낄 수 있는 전이었다. 대학 때 친했던 후배 중에 자취하는 후배가 있었다. 그 후배는 명절 때면 고향에 내려갔다 바리바리 음식을 싸 들고 올라오곤 했다. 나는 명절 내내 그 후배를 기다렸다. 후배가 도착했다는 연락을 받으면 즉시 술을 사 가지고 그의 자취방으로 달려갔다. 후배의 어머니가 부친 전 중에 내 눈을 번쩍 뜨이게 만든 전이 있었으니, 그 전은 만드는 방식이 화전과 아주 흡사했다. 찹쌀가루를 따뜻하게 익반죽하여 기름을 두른 프라이팬에 얇고 동그랗게 눌러 펼친다. 그 위에 진달래꽃을 얹으면 화전이 되겠지만, 후배 어머니는 그 위에 매운 고추를 다져 얹었다. 내가 '땡초전'이라 부른 그 전은 푸른 땡초 사이에 선홍빛 땡초가 섞여 있어 마치 꽃 핀 초원 같았다. 나는 그렇게 매운 전은 생전 처음 먹어보았다. 땡초전에 막걸리를 마시고 취한 나는 있지도 않은 애인을 향해 참으로 어이 없는 멘트를 날리곤 했다.

"밭에 땡초가 열릴 텐데요⋯⋯ 그 땡초 따 땡초전을 만들어 당신께 드리고 싶어요."

◆◆◆

전이라고 하면 특별한 날에만 만들어 먹는 음식처럼 여기는데, 사실 부침질은 우리가 아주 어린 나이에 일상적으로 배우는 조리법이다. 달걀프라이가 그렇지 않은가. 더 능숙해지면 달걀말이를 부치게 되는데, 그러면 모든 전은 다 부칠 수 있게 되었다고 봐야 한다. 밀가루 반죽에 재료 넣고 부치는 건 일도 아니다. 재료에 밀가루나 달걀옷을 입혀 부치는 난이도 높아 보이는 전도 사실 달걀부침의 응용 버전에 불과하다. 부침옷을 입혀 부칠 수 없는 재료는 거의 없다. 배추에 밀가루옷을 입혀 기름에 지져 뜨거울 때 쭉쭉 찢어 먹으면 달콤한 맛이 일품이고, 돌김도 옷 입혀 부치면 각별한 맛이 난다. 파래나 매생이는 반죽에 풀어 부친다.

내게 조금 어렵고 복잡한 전으로 생각되는 건 녹두 빈대떡이다. 시판되는 녹두가루로 부친 건 빈대떡이라고 할 수 없다. 직접 녹두와 찹쌀을 섞어 갈아 부치는 빈대떡은 반죽이 무겁고 흘어져 잘 부치기가 어렵다. 겉은 바삭하고 속은 부드럽게 지져낸 녹두빈대떡에 매운 어리굴젓을 얹어 먹으면 맛있다. 나는 사치스럽게도 먹다 남은 빈대떡을 찌개에 넣어 먹는 것도 좋아하는데, 거창하게 신선로까지는 못 가고, 김치찌개나 라면처럼 국물 있는 음식에 넣어 먹는다. 녹두 반죽이 풀어지기 직전에 국물과 함께 건져 먹는 맛이 구수하고 부드럽다.

내가 이십 대 초반에 자주 가던 단골 주점에서는 파전을 오백 원에 팔았다. 그때 솔 담뱃값이 오백 원이었으니 지금으로 치면 담뱃세 인상 전 가격인 이천오백 원쯤 되는 셈이다. 동그란 밀가루 반죽 위에 푸른 대파 잎이 석 삼三 자로 그려진, 한마디로 파전이라는 이름에 값하기 어려운 전이었다. 친한 친구와 나는 파전 한 장에 깍두기 한 접시를 놓고 소주를 각 일 병씩 마셨다. 요즘 가끔 그 파전과 그 친구 생각이 난다. 그 파전을 팔던 주점도, 그 친구도 지금은 없다.

◆◆◆

내 생각에 술 마실 때 안주로 전을 먹는 가장 올바른 자세는 무조건 즉석에서 부쳐 먹는 것이다. 가스버너에 프라이팬을 올리거나 전기 프라이팬을 켜거나, 아무튼 술상 바로 앞에 불을 놓고 다양한 종류의 전을 딱 한 접시 거리로 만들어 먹어야 한다. 어렸을 때 먹지 못한 한이라도 풀듯 나는 요즘 동그랑땡과 소고기로 부친 육전을 좋아한다. 동그랑땡은 넉넉히 부쳐두었다 데워 먹어도 좋지만 소고기전은 절대 그러면 안 된다. 좋은 소고기를 구워 먹을 때 한 점씩 불에 얹어 딱 한 번만 뒤집어 먹듯, 얄팍한 육전용 소고기도 달걀 옷 입혀 프라이팬에 얹어 딱 한 번만 뒤집어 따끈따끈할 때 먹는 게 최고로 맛있다. 또 고기 구워 먹을 때 버섯과 양파를 곁들여 구워 먹듯, 육전 먹을 때도 버섯과 양파를 달걀옷 입혀 함께 부쳐 먹으면 좋다. 물론 매운 땡초를 넣은 심심한 초간장이 꼭 있어야 한다. 붉고 푸른 땡초가 뜬 검은 초간장은, 후배의 어머니가 만든 땡초전의 꽃 핀 초원에 어둠이 내린 풍경과도 같다. 그렇게 나도 어두워지고, 꽃 같던 후배와 친구의 기억도 점점 어둠 속에 묻혀간다.

젓갈과
죽의
마리아주

이십 대 후반에 처음으로 단식을 한 적이 있다. 살을 빼기 위해서도 아니고 정치적인 목적을 위해서도 아니었다. 살다보면 내 속에 뭔가 쓸데없는 것이 가득 차 있다는 생각이 들 때가 있는데, 그때가 심히 그랬던 시기였다. 오랫동안 정리하지 않은 서랍처럼, 남루한 후회가 쌓여 있고 부서진 계획의 조각들이 흩어져 있고 어둠침침한 우울이 먼지처럼 내려앉아 있던 시기. 머릿속이든 몸속이든 일단 말끔히 비우고 싶어 충동적으로 단식을 시작했다.

단식을 해본 사람은 알 것이다. 단식은 식욕과의 싸움이기도 하지만 시간과의 싸움이기도 하다. 단식 첫날처럼 긴 하루는 없다. 아무것도 안 먹으면 이상하게 시간도 안 간다. 굶어보면 우리의 하루가 얼마나 먹는 일들을 중심으로 세세하게 구분되어 있는지 알게 된다. 세 끼의 식사는 물론 커피도 간식도 술자리도 야식도 사라져버린, 그야말로 육중한 하루가 통째로 내 앞에 놓여 있었다. 무슨 일을 하든 누구를 만나든 시간이 늪처럼 고여 흐르지를 않았다.

단식 이틀째로 접어들자 기운이 떨어지고 신경이 예민해졌다. 시간은 여전히 느리게 흘렀지만 나는 어느새 그 느린 속도에 적응하고 있었다. 나는 아무 일도 하지 않고 아무도 만나지 않았다. 그렇게 사흘, 나흘이 지나갔다. 그동안 나는 아주 많은 생각을 했던 것 같다. 이십 대 내내 해온 생각들보다 더 많은 생각들을 더 깊이 있게, 더 집중적으로 했다. 닷새째부터는 기운이 없어 하루 종일 누워서 지냈다. 엿새째가 되자 신기하게도 허기가 사라졌다. 처음에는 그 느낌이 나쁘지 않았는데, 다시 생각해보니 내 몸이 허기를 못 느끼는 게 좀 위험한 신호가 아닐까 하는 두려움이 솟구쳤다. 그래서 충동적으로 단식을 중단했다.

배가 고프지는 않았지만 뭔가 좀 먹어야겠다는 생각에 자리에서 일어나 쌀을 한 줌 씻어 물을 부어 오래오래 끓였다. 반 공기쯤 되는 미음 물을 티스푼으로 조금씩 떠먹고 쉬었다 조금씩 떠먹었다. 마른 땅에 내리는 이슬비처럼 미음 물이 위장을 촉촉하게 적시는 게 느껴졌다. 그렇게 내 일상이 매끄럽게 복원되는 속도로

내 식욕도 점차 잡초처럼 거세게 되살아났다.

◆◆◆

　미음 물만 먹다 묽은 죽을 먹게 되면서 나는 간장의 맛에 매료되었다. 아니, 간장이라기보다 '간기'라고 하는 짠맛에 반하고 말았다. 사람에게 가장 필요한 맛이 단맛도 신맛도 쓴맛도 아닌, 짠맛이라는 걸 알았다. 평생 죽과 간장만 먹고 살아도 좋겠구나 싶던 마음도 잠시, 다음 끼에도 죽과 간장만 먹고 있자니 단백질에 대한 갈망이 모락모락 피어올랐다. 그때 내 머릿속에 떠오른 게 냉동실 깊숙한 곳에 넣어둔 작은 새우젓 병이었다. 죽을 먹으면서 새우젓 국물을 조금씩 찍어 먹었다. 간장보다 더 짰지만 더 맛있었다. 다음 끼에는 죽 한 숟가락에 새우젓 하나씩을 얹어 꼭꼭 씹어 먹었다. 역시 몹시 짰지만, 그 짜디짠 속에는 배릿한 바다 향과 구수한 단백질의 맛이 보석처럼 찬란히 박혀 있었다. 그때 비로소 나는 죽과 젓갈이 얼마나 훌륭한 조합인지를 알게 되었다.

소화기능이 회복되고 억눌려 있던 식욕이 폭발하면서 나는 죽과 젓갈의 조합을 다양하게 변주하기 시작했다. 죽 대신 누룽지를 만들고, 새우젓 대신 명란젓을 사왔다. 노릇노릇하게 눌린 누룽지에 물을 부어 끓이고, 명란젓을 달걀에 풀어 뚝배기에 쪘다. 누룽지와 명란달걀찜, 그건 정말 멋진 조합이었다. 내 삶의 모든 음식들은 해장을 빼놓고 얘기하기 힘든데, 누룽지와 명란달걀찜 역시 단식 후에도 좋지만 과음 후에도 좋다. 술을 많이 마신 다음 날 누룽지와 명란달걀찜을 만들어 먹으면 내상을 입어 열을 뿜던 위장들이 보리수 그늘 아래 돌멩이들처럼 서늘해진다.

◆◆◆

나는 어리석게도 젓갈은 무조건 사 먹어야 하는 줄 알았다. 그러다 요리에 조예가 깊은 친구로부터 젓갈 담그는 게 나물 무치는 일보다 쉽다는 얘기를 듣고 깜짝 놀랐다. 그러나 잠시 생각해보니 그럴 법했다. 왜 진즉에 그런 생각을 못 했는지 의아하다 못해 억울했다. 젓갈이란 게 해산물에 소금만 듬뿍 넣으면 되는 염장식품 아닌가. 새우젓이면 새우와 소금, 조개젓이면 조개와 소금, 명란젓이면 명란과 소금만 있으면 될 것이었다. 더하고 덜할 것도 없고 다지고 끓일 것도 없었다. 염장 비율과 발효 온도, 그리고 오랜 기다림의 시간 외엔 아무것도 필요하지 않았다. 설탕이나 양념, 감미료와 고춧가루를 넣느냐 마느냐 하는 건 추가적인 선택 사항일 뿐이었다. 원래 젓갈은 싱싱한 재료와 소금만으로 이루어진, 아주 단순하고 명쾌하고 정직한 음식이니까.

봄에 제철 바지락을 사서 소금을 넉넉히 뿌려 담근 내 첫 조개젓은 대성공이었다. 냉장고에서 노랗게 곰삭은 조개젓을 적당한 분량으로 나누어 냉동했다가 먹고 싶을 때 해동해서 내가 좋아하는 방식으로 무쳐 먹었다. 싱싱하고 황홀한 맛이었다. 다시는 조개젓을 사 먹을 일이 없겠다는 생각이 들었다. 조개젓은 죽에도, 누룽지에도, 물 말은 찬밥에도 어울렸다. 어리굴젓 담그기도 그다지 어렵지 않았다. 가을에 찬바람 불 때 자연산 생굴을 사다 소금에 섞어 이틀 정도 발효시킨 후, 굴에서 나온 굴물에 찹쌀풀과 고운 고춧가루, 양념 등을 더해 살살 무친 뒤 적당한 분량으로 나누어 냉동 하면 된다. 빨갛게 곰삭은 어리굴젓은 죽이나 누룽지, 갓 지은 뜨거운 밥에도 어울리지만, 빈대떡이나 감자 전에 얹어 먹어도 맛있다.

이제 낙지젓, 오징어젓 같은 건 눈 감고도 담글 수 있다. 명란젓, 멸치젓, 갈치속젓은 아직 담가보지 않았 지만 언젠가는 담가 먹을 것이다. 앞으로는 죽도 흰죽 이나 누룽지만이 아니라 녹두죽, 호박죽, 콩나물죽, 소 고기죽 등 다양하게 만들어 온갖 젓갈과 조합해서 먹 어볼 생각이다. 얼마나 멋진 조합이 탄생할지 그 기대 만으로도 목젖이 바르르 떨려온다.

♦♦♦

첫 단식 이후로 나는 몇 년에 한 번씩은 단식을 한다. 단식을 하면서 내 속에 있는 오래된 서랍을 열어 이것저것 하나씩 꺼내 들여다본다. 내가 살아온 과거들을 차근차근 짚어보고, 지금 맺고 있는 관계들을 곰곰이 따져본다. 그러다 문득 달걀을 푼 라면이 먹고 싶어 미칠 것 같다는 생각을 한다. 내가 행복한지, 아직도 꿈을 꾸고 있다면 그 꿈은 무엇인지 스스로에게 묻는다. 까맣게 잊고 있었던 젊은 날의 과오를 떠올리고 깜짝 놀라기도 하고, 내 곁을 떠난 사람들 생각에 슬퍼하기도 한다. 열무김치에 고추장 넣고 맵게 비벼 먹고 싶다는 생각을 하다가, 극히 사소한 이유로 화가가 되지 못한 것에 서운해하고, 그럼에도 불구하고 나 따위가 소설가가 되었다는 사실에 깊이 감사하기도 한다. 나는 이 모든 감정들이 쓸데없다고 생각하지 않는다. 그것들은 내 속에 웅크린 채 언젠가는 내가 한 번 뒤돌아 보아주고 쓰다듬어주기를 기다리고 있던, 고아처럼 어리고 상처 입은 감정들이다. 내가 그렇게 해준 뒤에야 그것들은 비로소 조용히 잠이 든다.

나는 단식 예찬론자는 아니지만 가끔 단식을 하는 게 삶에 도움이 된다고 생각한다. 삶의 급류에 휩쓸려 가다보면 갑자기 "중지!"를 외치고 싶은 순간이 있다. 휴가 때 사흘이나 나흘 정도, 아니, 주말에 하루나 이틀만이라도 시간을 내서 단식을 해보라고 권하고 싶다. 숲속의 빈터처럼 고요한 신세계가 열릴 것이다. 그러나 솔직히 말해 내가 단식을 하는 가장 중요한 이유 중 하나는 단식이 끝난 뒤에 꿀물처럼 다디단 미음 물을 먹기 위해서가 아닐까 싶다. 간장의 기막힌 간기에 매료되기 위해서, 죽과 젓갈의 새로운 조합을 맛보기 위해서가 아닐까. 단식이 짧은 죽음이라면, 단식 후에 먹는 죽과 젓갈은 단연코 부활의 음식이다.

◆◆◆

　몇 년 전에 세월호 유가족들의 단식을 지지하는 작가들의 단식에 하루 참여한 적이 있다. 그것도 단식이라고 나는 다음 날 아침 복식을 위해 채소와 버섯을 다져 죽을 끓이고, 조개젓에 파 조금 다져 넣고 참기름 한 방울 떨어뜨려 무쳤다. 뜨거운 죽을 한 숟가락 떠먹고 짭짤한 조개젓을 꼭꼭 씹어 먹으니 너무 좋아서 눈물이 고였다. 내가 펄펄 살아 있다는 느낌을 그보다 고요히 실감하게 해주는 맛은 다시없다. 별당아씨에게 꽃을 따 화전을 부쳐주고 싶은 사람이 있었듯이, 내게도 젓갈을 담가 죽을 끓여주고 싶은 사람들이 있었다. 그러나 그들은 여전히 광화문에서 단식 중이었다.

2부

그렇게 살벌하게
매력적인 걸음으로
여름은 온다

면의
면면

어렸을 적 한때 우리 집에는 외갓집 식구들이 대거 모여 산 적이 있다. 외할머니와 큰외삼촌네 가족, 둘째 이모네 가족, 시집 안 간 셋째이모, 입대를 앞둔 막내 삼촌까지 그 수를 합하면 열대여섯 명 정도 되었다. 남자와 아이들이 출근하고 등교하는 바쁜 아침 시간이 지나고 나면 외할머니와 어머니, 이모와 외숙모 등 집 안 여인네들은 안방에 모여 이런저런 얘기를 나누곤 했는데, 점심때가 가까워지면 그들의 수다는 점심에 뭘 해 먹을까 하는 문제로 모아졌다. 각자 먹고 싶은 음식 얘기를 늘어놓지만 결론은 언제나 똑같았다.

　"밥해 먹기 귀찮으니 간단하게 면이나 삶아 한 그릇씩 후루룩 먹고 때우자!"

　여인들은 부엌으로 가서 각자 맡은 일을 일사분란하게 했는데, '간단하게 면이나 삶아 먹자'는 말과 달리 여간 복잡한 공정을 거치는 게 아니었다. 내가 보기엔 차라리 있는 반찬 해서 밥해 먹는 게 훨씬 수월해 보였다. 비 오는 날이면 칼국수를 끓여 먹었고, 여름에는 콩국수, 겨울에는 장국수를 말아 먹었고, 봄이면 비빔

국수, 가을에는 잔치국수를 해 먹었다. 정말 만사가 다 귀찮을 때면 라면을 끓여 먹기도 했는데, 이때에도 라면만 달랑 끓이는 경우는 없었다. 온갖 자투리 야채와 해물을 넣거나, 된장이나 청국장을 풀거나, 시어빠진 파김치나 총각김치라도 넣었다. 어쨌거나 점심은 항상 면이었다. 그들이 면을 후루룩 먹으면서 하는 말도 매번 똑같았다.

"나이가 들수록 왜 이렇게 면이 땡기나 모르겠네."

❖❖❖

여름에는 무조건 냉면이었다. 옛날에는 주로 시장에서 냉면 건면을 사다 삶아 먹었는데, 나는 그저 냉면은 국수보다 거뭇하고 쫄깃하구나 했을 따름이다. 그런 면발은 의당 비빔냉면에 어울렸다. 매운 음식을 좋아하는 나는 어려서부터 비빔냉면만 먹었다. 물냉면이라야 열무김치나 동치미 국물에 말아 먹는 것인 줄만 알았지, 찬 고기육수에 툭툭 끊어지는 메밀면을 말

아 먹는 평양식 물냉면은 알지도 못했다.

중학교 때는 친구들과 '미소의 집'에 비빔냉면을 먹으러 다녔다. 그때 내가 다니던 여중 근처에서 최고로 손꼽히는 미소의 집은 흑석동과 남영동 두 군데에 있었는데, 둘 다 냉면이 맵기로 유명했다. 흑석동에서는 소프트아이스크림을 팔아 매운 냉면을 먹고 입가심하기에 좋았고, 남영동에서는 어묵국수를 팔아 매운 냉면과 같이 먹기에 좋았다. 중3이었던 어느 날, 나는 단짝 친구와 함께 남영동 미소의 집에 갔다. 가는 길에 우리는 심한 말다툼을 벌였고 토라진 상태로 미소의 집에 들어갔다. 나는 비빔냉면을 시켰고 친구는 어묵국수를 시켰다. 원래는 같이 나눠 먹어야 맛있는 건데 우리는 말 한마디 하지 않고 각자의 것만 먹고 각자 돈을 내고 나와 버스정류장에서 헤어졌다. 그 후에도 화해하지 않고 버티다 각자 다른 고등학교에 진학한 후 다시는 만나지 못했다. 그 친구와 싸운 이유는 기억나지 않지만 그 친구의 이름은 기억난다. 미혜는 지금 어디서 무얼 할까. 어쨌든 그때까지도 내게 냉면은 무조건 비빔냉면이었다.

내가 처음 물냉면이란 걸 먹었을 때는 이십 대 중반 무렵이었다. 술을 먹은 다음 날 남자친구가 해장을 시켜주겠다기에 좋아라 하고 따라나섰다. 그때 남자친구와 동행한 선배가 "해장에는 냉면이지" 하며 자기가 잘 아는 냉면집이 있으니 그리로 가자고 했다. 나는 비빔냉면이 해장에 그렇게 좋은 줄 미처 몰랐다. 신촌에 있는 냉면집이었는데 어쩐 일인지 한동안 주문을 받으러 오지 않더니 다짜고짜 물냉면 세 그릇이 나왔다. 내가 물냉면을 시키지 않았다고 하자 선배가 자랑스럽게 자기가 들어오면서 바로 카운터에 주문을 넣었다고, 해장할 때 음식 늦게 나오면 그것만큼 짜증나는 일도 없지 않냐고 했다. 그 집 메뉴판에는 비빔냉면도 있었기에 나는 비빔냉면을 먹으려 했다고 말하자 그 선배가 입에 거품과 면발을 동시에 물고 떠들기를, 이

집은 물냉면 전문집이고 비빔은 그저 구색일 뿐인데 이런 집에 와서 비빔을 시키는 것은 맛의 미음 자도 모르는 인간들이 저지르는 정신 나간 짓이며 하물며 해장을 하는데 국물이 없는 비빔이 가당키나 하냐는 것이었다. 선배와 남자친구는 물냉면 한 그릇을 다 먹고 사리까지 추가해 먹었다. 나 역시 처음 물냉면을 맛보자마자 그 맛에 흠뻑 빠져들었다, 는 결론이었으면 좋았겠지만, 그때까지 맛의 미음 자도 몰랐던 나는 물냉면 전문집에서 만든 내공 있는 물냉면의 맛을 음미할 능력이 없었다. 그때 물냉면을 함께 먹은 남자친구와는 일 년쯤 뒤에 헤어졌는데, 물론 물냉면 때문은 아니었다. 그 친구와 헤어진 이유도 분명히 기억나고 그 친구의 이름도 기억난다. 그가 지금 어디서 무얼 하는지도 안다. 어쨌든 그때까지도 내게 냉면은 무조건 비빔냉면이었다.

◆◆◆

그 후로도 오랫동안 나는 혀가 얼얼하도록 매운 분식집 비빔냉면만 먹으러 다녔다. 지금 나와 같이 살고 있는 애인은 매운 음식을 잘 먹는다고 호기를 부리다 내 손에 냉면집에 끌려가 땀을 뻘뻘 흘리며 매운 냉면을 곱빼기로 먹다 위에 심각한 내상을 입기도 했다. 그것도 연애 초기였을 때라 가능한 일이었다. 그렇게 위를 상한 애인은 연애가 어느 정도 안정적인 궤도에 접어들자 내 앞에서 보란 듯이 위장약을 꺼내 먹으며 자기가 절대 매운 걸 못 먹어서가 아니라 위가 이 지경이 되었기에 못 먹었노라고 말하며 적잖이 안도하는 얼굴로 가슴을 쓸어내리곤 했다. 그래서 나는 혼자 몰래 비빔냉면을 먹으러 다녔다. 어지간히 매워서는 결코 만족하지 못하는 내 혀는 비빔냉면을 먹을 때마다 뜨거운 육수를 곁들여 마시는 방식으로 매운맛을 극대화하곤 했다. 참 끔찍이도 매운 것을 탐닉하던 시절이었다. 안타깝지만 이제 나도 속이 예전 같지 않아 그렇게까지 참혹한 매운맛을 즐기지는 못한다.

◆◆◆

내가 언제부터 물냉면을 좋아하게 되었는지는 분명하지 않지만 최소한 마흔은 넘어서였을 것이다. 음식점에서 고기를 구워 먹고 나서 후식으로 나온 옆 사람의 물냉면을 한 젓가락 덜어 먹어보았는데 의외로 맛이 괜찮았다. 며칠 뒤에 뜬금없이 그 냉면 맛이 떠올랐고 그게 먹고 싶어 며칠 동안 어쩔 줄을 몰랐다. 결국 그 음식점에 다시 가서 물냉면을 시켜 먹었는데 내가 예상했던 것보다 훨씬 더 오묘한 맛이 나서 놀랐다. 알고 보니 그 음식점은 물냉면 잘하기로 유명한 집이었다. 이제 나는 물냉면이라면 환장하는 사람이 되었고, '해장에는 냉면'이라는 오래전 선배의 말을 백번 이해하게 되었고, 물냉면 전문집에서 비빔냉면을 시키는 사람을 보면 안타까워서 나도 모르게 두 손을 비틀게 되었다.

하지만 물냉면이 가진 치명적인 약점은 반드시 사먹어야 한다는 데 있다. 제법 물냉면을 잘하는 집을 찾아가려면 시간과 교통비를 들여야 하고, 또 이놈의 냉면값이 매년 하늘 높은 줄 모르고 오른다. 집에서 메밀 반죽을 하여 제면기에 넣어 면을 뽑고 고기육수와 동치미육수를 만들어 황금비율로 섞어 물냉면을 만드는 일은 내게 불가능할 만큼 요원한 일이다. 하지만 언젠가 죽기 전에 한 번은 도전해보고 싶다.

◆◆◆

나도 외갓집 여인들처럼 나이가 드니 왜 이렇게 면이 '땡'기나 모르겠다. 특히 여름에는 그렇다. 그래서 궁여지책으로 물냉면 대신 해 먹는 게 냉잔치국수다. 외갓집 여인들은 뜨거운 국물에만 잔치국수를 말아 먹었지만, 내 경험으로 미루어 육수를 잘 내고 고명 선택만 잘하면 시원한 잔치국수도 그것만의 매력이 있다. 멸치와 다시마, 무와 파 등을 넣어 담백하게 우린

육수를 냉장고에 넣어 차갑게 식히고, 고명도 찬 국물에 어울리는 것으로만 준비한다. 기름 적게 두르고 볶은 호박이나 오이, 표고버섯, 데친 오징어나 새우, 문어 같은 해물을 얹어도 좋다. 중요한 것은 양념장인데, 다진 파 마늘 땡초에, 간장 고춧가루 넣고 들기름 몇 방울을 떨어뜨린다. 삶아서 헹궈놓은 국수에 차디찬 육수를 붓고 고명을 골고루 얹은 다음 양념장 한 숟가락을 넣고 휘휘 저어 먹는데, 열무김치나 오이지무침을 곁들여 먹으면 좋다. 찬 멸치육수의 맛과 들기름의 고소한 향, 매운 땡초의 알싸함이 더할 나위 없이 잘 어울린다. 찬 국물에 말아 먹으니 면이 쫄깃하고 쉽게 붇지 않아 매 젓가락마다 후루룩 소리가 절로 난다.

내가 예상했던 것보다 훨씬 더 오묘한 맛이 나서 놀랐다.

이제 나는 물냉면이라면 환장하는 사람이 되었고,

'해장에는 냉면'이라는 오래전 선배의 말을 백번 이해하게 되었고,

물냉면 전문집에서 비빔냉면을 시키는 사람을 보면 안타까워서

나도 모르게 두 손을 비틀게 되었다.

물회,
그것도
특!

◆

몇 년 전까지만 해도 더우면 나는 물냉면이었다. 그런데 언젠가부터 물회가 먼저다. 나는 한때 〈한겨레〉에 짧은 영화 산문을 연재한 적이 있다. 내 자랑이 아니라 물회 얘기다. 영화에 대한 식견이 전무한 내가 '권여선의 인간 발견'이라는 허황된 제하에 글을 쓰게 된 게 오로지 물회 탓이기 때문이다.

그해 8월에 나는 문학 행사차 울진에 갔다가 저녁을 먹기 위해 일행과 함께 죽변항으로 향했다. 안내를 맡은 울진의 시인이 물회를 잘하는 집으로 가겠다고 했다. 서울에서 울진까지 280킬로미터가 넘는 데다 그날은 비까지 오락가락해 차가 속도를 내지 못했다. 시간이 촉박해 휴게소에서 급한 요기만 한 터라 몹시 배가 고팠고 또 덥고 목도 칼칼하던 참에 물회라니 반가웠다. 식당에 들어가자마자 시인이 "전원 턱 물회"를 주문했다. 누군가 익살스럽게 '턱 물회'가 뭐냐고 묻자 시인은 천연덕스럽게 '턱별한 물회'라고 응대했다.

특 물회와 국수사리가 나왔을 때 하필 내 휴대전화가 울렸다. 받을까 말까 하다 받은 게 실수였다. 전화를 건 사람은 자신이 〈한겨레〉 기자라면서 다짜고짜 영화 산문을 연재하자고 했다. 나는 깜짝 놀라 영화에 대한 나의 무지를 고백한 후 제안은 감사하지만 사양하겠다고 말하고 전화를 끊으려 했다. 그러나 영특한 기자는 나의 이런 반응을 충분히 예상한 듯, 영화 전문 글은 영화평론가가 맡아 쓸 테니 걱정하지 말고 당신은 영화에 무지한 소설가답게 영화 속 인간 탐구랄지 인물 탐구 쪽으로 가면 된다고 차분하게 말했다. 특 물회의 선연한 주홍빛 살얼음이 녹아가고 쪽찐 머리 모양의 국수사리가 급속도로 사라지는데 기자는 세상 급할 것 하나 없는 말투로 연재의 의도와 목적에 대해 구구한 설명을 늘어놓았다. 마침내 국수사리가 딱 한 덩이 남았을 때 나는 아, 알았다고, 쓰겠다고 대답하고, 기자가 감사의 말을 길게 늘어놓기 전에 자세한 사항은 이메일로 알려달라 하고 전화를 끊었다.

득달같이 달려들어 마지막 남은 국수사리를 내 물회 그릇에 넣자마자 울진의 시인이 큰 소리로 여기 사리 좀 더 삶아달라고 외쳤다. 아니 리필이 되는 줄 알았으면 회와 해산물부터 먼저 건져 먹을 것을 괜히 불은 국수를 넣어 물을 흐렸구나 후회가 밀려왔지만 아무튼 나는 물회를 먹었다. 차지고 부드럽게 후루룩 넘어가는 회와 오독오독 씹히는 해산물과 싱싱한 야채와 매콤새콤한 국물까지 그야말로 통쾌하고 상쾌한 맛이었다. 땀과 더위와 앞으로 써야 할 글의 부담까지 한 방에 날려버리는 맛이었다. 거기에 소주까지 곁들이니 마음이 느긋해져, 뭐 나도 옛날에 감명 깊게 본 영화가 많으니 거기 나온 인물들을 잘 탐구해서 쓰면 되겠지 싶었다. 곧 국수사리가 더 나왔고 나는 냉큼 새 국수사리를 물회에 말았다. 막 삶은 국수라 더 쫄깃하고 탱탱했다.

　나중에 서울에 돌아와 기자의 메일을 확인한 나는 기함했다. 기자는 내가 옛날 고릿적 영화를 가지고 쓰려는 줄 어떻게 알고 그렇게 아무 영화나 갖다 쓰면 절대 안 되고 가능한 한 현재 상영 중인 영화로만 써야 한다고 토를 달아놓았다. 게으른 내가 극장에 가서 상영 중인 영화를 보고 쓸 거리가 생각나지 않으면 다시

새로운 영화를 보고, 또 쓸 거리가 생각나지 않으면 또 새로운 영화를 보고, 그래도 안 되면 본 것들 중에서 억지로라도 쥐어짜내서 뭔가를 써야 하는 일은 참으로 힘이 드는 일이었다. 이럴 줄 알았으면 끝까지 거절할 것을 그깟 무한 리필 되는 국수사리에 눈이 멀어 대충 결정한 게 후회막급이었지만 아무튼 그때 먹은 죽변항 특 물회는 참 맛있긴 했다.

서울에서도 물회를 몇 번 먹었는데 영 그 맛이 안 났다. 회의 질과 국물 맛을 떠나 왜 서울의 물횟집들은 국수사리마저 그 모양으로 내놓는지 나는 이해할 수 없다. 주문을 받은 후 삶지 않고 미리 삶아 퉁퉁 불은 국수를 손님에게 내놓는 세계관이라면, 회의 싱싱함과도 담쌓고 사는 세계관임이 분명하다. 그런데 나는 영화 산문을 연재하는 내내 현재 상영 중인 싱싱한 영화로만 글을 쓰도록 요구받았으니 이 얼마나 억울한가.

차지고 부드럽게 후루룩 넘어가는 회와

오독오독 씹히는 해산물과

싱싱한 야채와 매콤새콤한 국물까지

그야말로 통쾌하고 상쾌한 맛이었다.

땀과 더위와 앞으로 써야 할 글의 부담까지

한 방에 날려버리는 맛이었다.

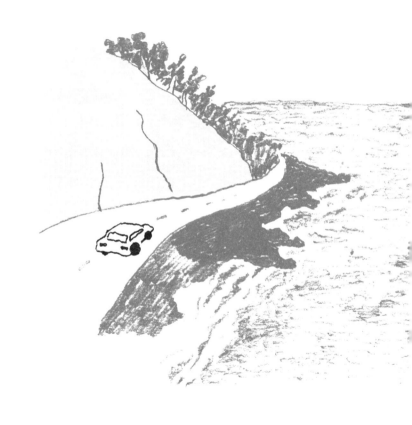

땡초의
계절

나는 한여름 새벽에 태어났다. 그해 여름이 유독 더 웠는지 어땠는지 나는 당연히 기억하지 못하지만 어머니는 더워도 그렇게 더운 날이 없었다고 하셨다. 그 말을 선뜻 믿기는 어렵다. 아기를 낳느라 용을 쓰는 산모에게 어느 여름인들 덥지 않았을까. 어머니의 해산을 도운 외할머니도 엄청스레 더웠다고 말을 보태셨지만 이 또한 믿기 어려운 게, 산구완을 하느라 뜨거운 불 앞에서 물과 미역국을 펄펄 끓여댔으니 안 더우셨을 리가 있겠는가. 그나마 가장 믿을 만한 것이 아무것도 안하고 툇마루에 앉아 내가 태어나기만을 기다리셨다는 아버지의 증언인데, 유감스럽게도 아버지는 그날 새벽 잠깐 조느라 특별히 더웠는지 어쨌는지 잘 모르겠다고 하셨다.

　그래서 내가 내린 결론은 이렇다. 그날이 한여름이라 덥기야 더웠겠지만 내가 태어난 새벽 즈음에는 아버지가 잠깐 졸음에 빠질 정도로 살짝은 덜 더웠을 것이라고. 부디 어머니를 위해서도, 외할머니를 위해서도 그랬기를 바란다.

나는 어려서는 여름을 좋아하지 않았다. 덥고 벌레도 많고 땀도 많이 나고, 게다가 깊이 잠들 수도 없고 입맛도 없고 기운도 없는 계절이었다. 나는 물것을 많이 타서 모기나 벌레에 잘 물렸고, 땀을 조금만 흘려도 기진맥진했고, 잠을 못 자면 밥도 잘 소화를 못 시키는 체질이었다. 그런 내가 언제부턴가 여름에 조금씩 호감을 갖게 되었는데, 그건 아마 매운 음식을 좋아하게 된 것과 관련이 있을 것이고, 여름 음식 중에 내 입맛에 꼭 맞는 매운 음식들을 하나씩 알아가게 된 것과도 관련이 있을 것이다.

◆◆◆

내가 여름에 냉장고에 항상 넣어두고 먹는 음식으로는 '호박잎쌈과 깡장' '양배추쌈과 고추장물'을 빼놓을 수 없다. 이 두 세트의 음식이 없다면 어찌 여름을 날까 생각조차 하기 싫다. 두 음식에는 어김없이 매운 땡초가 들어간다. 들어가는 정도가 아니라 땡초가 주재료나 다름없다. 그것도 매운지 만지 한겨울 땡초도 아니고, 미적지근하게 매운 봄가을 땡초도 아니고, 보기만 해도 속에 꽉 들어찬 매운 기가 섬뜩하게 발산되는 작고 야무지고 반들반들 윤이 나는 한여름 땡초다. 땡초에 조금씩 독이 오르는 속도로, 그렇게 살벌하게 매력적인 걸음으로 여름은 내게 온다. 점점 절정을 향해 치달려가는 땡초의 독한 맛이 없다면 어떤 여름도 있을 수 없다.

여름 음식을 말하기 전에 미리 일러둘 것이 있다. 내가 다소 사치를 부리는 음식 재료가 몇 가지 있는데 그중 하나가 멸치다. 멸치가 잡히는 철이면 나는 헉 소리 나게 비싼 멸치를 박스로 주문해 봉지에 나눠 담아 냉동실에 잘 갈무리해둔다. 이 멸치가 가장 빛을 발하는 계절이 여름이다. 어머니가 나를 낳기 위해 오래 준비했듯이, 나도 여름을 나기 위해 미리미리 준비를 하는 셈이다.

첫 번째 세트인 '호박잎쌈과 깡장'에 대해 얘기해보자. 조금씩 더워지기 시작할 무렵 시장에는 한 단씩 묶어놓은 호박잎이 아기의 원피스 치마폭처럼 살그머니 모습을 드러낸다. 보기만 해도 눈이 시원하다. 호박도 한 개 이천 원 삼천 원 하던 것이 점점 싸져서 한 개 천 원이 되고 두 개 천 원이 되고 세 개 천 원까지 된다. 여름엔 호박과 호박잎이 보약이다. 호박잎 한 단, 호박한 개, 땡초 한 줌만 있으면 내가 가장 좋아하는 여름 음식 한 세트가 완성된다.

비닐을 넓게 펼치고 호박잎 한 단을 풀어 가실한 잎들을 다듬는다. 속이 텅 빈 호박줄기는 손가락 마디 길이로 분질러 따로 그릇에 담아둔다. 다듬은 호박잎은 깨끗이 씻어 찜기에 5분 정도 찐 후 불을 끄고 그 온도에 그대로 식힌다. 그리고 맵디매운 (강된장 또는 강장이라고도 하는) 깡장을 만들기 위해 매운 땡초를 난도질한다. 난도질한 땡초를 도마 한편에 밀어놓고, 냉동실에 비치해둔 비싸고 귀한 멸치를 한 움큼 꺼내 역시 난도질한다. 난도질한 땡초와 멸치를 냄비에 넣고 기름 없이 마른 채로 볶다가, 호박잎 다듬을 때 따로 분질러놓은 호박줄기를 넣고, 깍둑썰기한 호박을 넣고, 마늘과

물과 된장을 듬뿍 풀어 넣고 바글바글 끓인다. 어느 정도 바특하게 끓이면 깡장이 완성된다.

이제 밥만 있으면 된다. 따끈한 호박잎 위에 뜨끈한 깡장과 밥을 얹어 쌈을 싸 먹으면 입에 불이 난다. 불이 나긴 나는데, 요즘 매운 음식처럼 불만 나고 마는 게 아니라 가슴속 깊숙이 구수하고 복잡하고 그리운 불이 난다. 다 식은 호박잎쌈과 깡장은 그릇에 담아 냉장고에 넣어둔다. 일주일 내내 시원한 보리차를 끓여놓고, 매일 한 끼는 찬 호박잎쌈과 깡장을 꺼내 밥 싸 먹고 보리차를 마신다.

◆◆◆

두 번째 세트인 '양배추쌈과 고추장물'은 첫 번째 세트보다 더 간단하면서도 핫한 음식이다. 양배추쌈은 호박잎쌈보다, 고추장물은 깡장보다 재료도 조리법도 단출하다. 양배추쌈은 가실한 호박잎과 달리 따로 다듬을 필요가 없으니 통째로 씻어 반 갈라 푹푹 찌면 된다. 고추장물도 깡장과 달리 멸치와 땡초만 있으면 된다.

때로는 된장 소스가 당기듯, 때로는 간장 소스가 당긴다. 깡장의 기본이 된장 소스라면, 고추장물의 기본은 간장 소스이다. 이번에도 역시 매운 땡초를 미친 듯이 다져야 한다. 매워도 참고, 기침이 나도 참고, 왕창 한 무더기를 다져야 한다. 깡장을 끓일 때보다 세 배는 넘는 양을 다져야 한다. 더 괴로운 일은 그 땡초를 참기름 두른 냄비에 넣고 달달 볶는 일이다. 카악 소리가 날 만큼 매운 내가 올라와도 참고 볶다가, 다진 마늘과 멸치를 넣고, 국간장과 멸치액젓 조금, 물 조금 넣고 자작하고 짭짤하게 조린다. 예전에는 밥 뜸 들일 때 가마솥 안에 넣고 쪘다고 한다.

역시 밥만 있으면 된다. 달착지근한 양배추쌈 위에 푸릇푸릇하게 매운 고추장물과 밥을 얹어 한 쌈 싸 먹으면 깜짝 놀랄 만큼 맵다가 이내 머릿속이 시원하고 개운해진다. 된장이 줄 수 없는 깨끗한 짠맛과 땡초의 번쩍 깨는 매운맛이 별안간 내 존재를 순수하게 텅

비운다. 심심한 열무김치 국물을 한 숟가락 떠먹으면 이렇게 행복해도 되나 싶은, 낯설고 허무한 생각마저 든다.

◆◆◆

내가 어려서부터 매운 음식을 먹고 자라서 매운 음식에 환장을 하는 건 아니다. 어머니는 매운 음식을 입에 대지도 못하셨다. 그래서 늘 맵지 않은 고춧가루만 사놓고 장식적인 용도로만 사용하셨다. 나는 자취를 하면서, 정확히는 밥을 해 먹기 위해 장을 보고 요리를 하면서 고춧가루가 매울 수도 있다는 사실을 처음 알고 환호작약했다. 아무리 넣어도 맵지 않은 고춧가루만 보아왔던 내게 조금만 넣어도 매운맛을 내는 고춧가루는 가히 마법의 가루였다.

흔히들 매운맛은 맛이 아니라고, 매움은 미각이 아니라 통각이라고 한다. 그렇다면 왜 나는 매운맛을 좋아하게 되었는가. 왜 통각이 자극받는 걸 즐기게 되었는가. 왜 고통받기를 원하게 되었는가.

아무리 생각해도 나는 내가 여름에 태어났기 때문에 그런 것 같다. 내가 태어난 순간 세상은 무시무시한 열기로 들끓고 있었을 것이고 내 몸은 그 뜨거운 열기를 내장 깊숙이 받아들였을 것이다. 그건 일종의 삼투압 작용과도 같은 것이었으리라. 내 정신은 늘 그렇게 한여름 땡볕처럼 뜨겁게 달아오르고 싶었지만, 그러나 불행히도 내 몸은 그 욕망을 따라주지 못했다. 내 몸은 늘 허약하고 비겁하고 차가웠다. 그래서 나는 내 입안의 작은 동굴 안에서만이라도 그 열기를 아낌없이 발산하고 싶었던 것이다.

매운 여름 음식을 만들기 위해 땡초를 썰다보면 맵싸한 향이 코끝을 아리게 한다. 그럴 때면 내가 8월의 폭염을 무릅쓰고 태어난 까닭이, 독이 오를 대로 오른 땡초의 매운 향기가 나를 유혹했기 때문이 아닐까 하는 생각마저 든다. 한여름 대낮에 깡장과 고추장물에 밥을 비벼 먹으면 비로소 나는 내 정신과 육체가 하나가 되는 느낌이 든다. 여름은 내게 한때는 땀과 벌레의 계절이었고, 한때는 불면과 실연의 계절이었지만, 사실은 언제나 땡초의 계절이었다. 나는 내가 태어난 계절을, 그 여름의 열기를, 그 뜨거운 열기가 고스란히 맺혀 있는 땡초를 끝내 사랑할 수밖에 없는 운명이었던 것이다. 매운 음식에 대한 나의 광적인 애호에 대해 나는 이보다 더 나은 이유를 찾지 못했다.

여름나기
밑반찬
열전

매운 걸 즐긴다고 여름 내내 깡장이나 고추장물처럼 독 오른 음식만 먹고 살 수는 없다. 여름엔 밥해 먹기가 쉽지 않은데, 불 앞에서 일하기도 힘들지만 그렇게 고생해서 기껏 만들어놓은 음식도 급속도로 상해버리니 문제다. 나는 주로 아침에는 간단히 국에 밥을 말아 먹는데 여름에는 더운 국이 싫으니 찬물에 밥을 말아 먹는다. 그러자니 곁들여 먹을 밑반찬이 몇 가지 있어야 한다. 덥고 만사 귀찮을 때 냉장고에서 꺼내기만 하면 먹을 수 있는 여름 밑반찬(이라고 쓰고 안주로 읽는다) 몇 가지를 소개하겠다.

◆◆◆

더위에 몸이 휘지지 않으려면 단백질 보충이 필수적인데, 가장 요긴한 밑반찬은 소고기장조림이다. 나만의 비법 같은 건 없고, 여름이니 좀 짭짤하게 조리고 삶은 달걀과 꽈리고추를 넉넉히 넣는다. 장조림을 꺼낼 때 접시에 잘 나눠 담으면 세 가지 반찬을 꺼낸 착

시효과가 난다.

영양 보충에 도움이 되는 또 다른 밑반찬으로 명란젓이 있다. 솔직히 사시사철 먹고 싶지만 비싸서 못 먹고 여름에라도 먹어보자 하는 마음에 벌벌 떨리는 손으로 주문한다. 나는 명란을 살 때 백명란과 파지명란, 두 종류로 산다. 종류에 따라 가격도 다르고 먹는 방식도 다르다. 비싼 백명란은 한 쌍씩 랩으로 곱게 싸서 유리그릇에 담아 냉동실에 넣었다 먹고 싶을 때 바로 꺼내 사각사각 썰어 다진 파와 참기름을 뿌려 구운 김에 싼 밥 위에 얹어 먹는다. 이때 밥은 아무리 여름이어도 따뜻해야 좋다. 따뜻한 밥 위에 셔벗처럼 섞이는 언 명란 맛이 기가 막히다. 저렴한 파지명란은 깨진 명란을 말하는데, 기왕 깨진 것 인정사정 볼 것 없이 다진 파에 매운 고추를 왕창 다져 넣고 야무지게 섞어놓는다. 찬물에 밥 말아 먹으면서 젓가락으로 조금씩 떼어 먹어도 좋고 달걀찜이나 달걀말이 할 때 한 숟갈씩 넣어도 좋다. 주로 파지명란은 반찬으로 먹고 백명란은 안주로 먹는다. 안주는 소중하니까.

오이지무침도 여름 내내 떨어뜨리지 않고 해 먹는다. 오이지무침의 생명은 탈수인데, 어지간한 여자 악력으로는 절대 꼬들꼬들한 오이지 식감이 안 나온다. 옛날에 우리 어머니는 죽을힘을 다해 오이지를 짜다 "아이고, 이러다 홀목(손목의 방언) 다 나가겠다"라며 음식용 짤순이가 있는 작은어머니를 그렇게도 부러워했다. 나도 늘 시장에서 오이지만 보면 살까 말까 망설이며 '홀목'이 시큰거리는 증상에 시달리곤 했는데, 어느 날 꾀를 내어 오이지를 짜던 베보자기를 그대로 펼쳐 냉장고에 넣고 서너 시간 말렸다 무쳤더니 제법 꼬들한 맛이 나 한동안 그렇게 했다. 요즘엔 한결 수월하게 애인을 불러 짤 것을 명한다. 애인이 인정사정없이 쥐어짠 오이지는 꼬들꼬들을 넘어 오독오독이다. 정말 내 애인이라서가 아니라 이 친구가 악력 하나는 타고났다. 그러니 날 놓치지 않고 잘 붙잡고 사는 것이지 싶다.

＊＊＊

　마지막으로 여름나기를 위한 비장의 나물 두 가지가 있는데, 내 식으로 부르는 이름은 '까막고기'와 '까죽'이다.

　우리 부모님은 딸만 셋을 두었다. 첫째인 큰언니는 엄청난 우량아여서 어머니가 난산의 고통을 겪었다고 한다. 그런데 작은언니를 가졌을 때 어머니는 입덧도 심하고 소화도 안 되어 뭐를 잘 먹지 못했다. 그래서 충분히 자라지 못한 작은언니는 어머니가 해산을 하려고 단단히 마음먹고 드러누워 미처 속옷을 다 벗기도 전에 그 속옷 위로 톡 떨어져 나왔다고 한다. 이 장면은 내가 자전소설 〈K가의 사람들〉에서 표현한 바 있듯이, '낳았다'기보다 '누었다'에 가까운 해산이었다. 작은언니는 태어날 때도 제일 작았고 지금도 제일 작다. 막내인 나는 하필 태어난 때가 한여름이어서 어머니를 고생시킨 거 빼면 크지도 작지도 않은 적당한 크기였다고 한다.

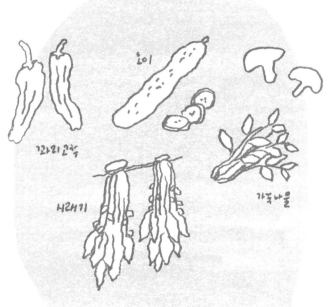

오이

꽈리고추

버섯

가죽나물

summer taste

출산의 고통만 놓고 보면 세 딸 중 가장 효녀였던 작은언니는 태어나자마자 갖은 병치레를 함으로써 불효녀로의 급반전을 보여주었다. 나도 나름대로 병치레를 한다고 했지만 작은언니에는 비할 바가 못 되었다. 나는 아직 아기이고 작은언니는 막 어린이로 발돋움할 즈음, 어머니가 둘을 쪽마루에 앉혀놓으면 나는 똑바로 잘 앉아 있는데 작은언니는 균형을 못 잡고 흔들흔들하다 쪽마루에서 떨어지곤 했다고 한다. 물론 떨어지고 나서 심한 경기를 일으켜 부모님의 간담을 서늘하게 했던 건 작은언니의 병력에서 애교에 속하는 일이다.

작은언니가 다섯 살인가 여섯 살 때 지독한 설사병에 걸렸다. 물만 먹어도 설사를 하는 지경이라 약도 듣지 않았다. 어머니는 "설사에는 시래기나물이 즉효"라는 외할머니의 조언을 듣고 얼른 말린 무청을 불려 푹 삶은 뒤 억센 껍질을 벗기고 집간장에 달달 볶아 시래기나물을 만들었다. 작은언니가 그 흉측하고 거무죽죽한 모양새를 보고 먹으려 하지 않자 어머니는 그게 맛있는 고기의 일종이라고, 까마니까 '까막고기'라고 속여 먹였다. 그리고 모든 유년의 전설이 그러하듯 까막고기를 먹은 작은언니는 곧바로 설사를 멈추었다고 한다.

그 후로도 작은언니는 크고 작은 병에 시달렸는데, 까막고기의 기적을 경험한 어머니는 모든 병의 증상에 상관없이 까막고기를 열심히 만들어 먹였고, 이상하게도 까막고기를 먹은 작은언니는 어느 병에서건 쉽게 회복하곤 했다. 그래서 우리 식구들은 모두 까막고기를 즐겨 먹게 되었다.

음식 중에서 가장 손이 많이 가는 게 말리고 불리고 삶고 볶아야 하는 '말린 나물'들인데, 그중에서도 특히 시래기나물은 시간과 품이 보통 많이 드는 게 아니다. 그러나 시래기나물에 심오한 치료의 효능이 있다고 믿는 나는 종종 몸이 아플 때면 시래기나물을 만들어 먹는다.

나는 매년 말린 무청 한 박스를 사서 한꺼번에 손질을 해둔다. 우선 무청이 부서지지 않도록 커다란 스테

인리스 대야에 물을 붓고 불린다. 반나절쯤 불리면 무청에서 씁쓸하고 시퍼런 물이 우러나온다. 이때부터 물을 서너 번 갈아주어야 한다. 그렇게 하루를 불린 무청을 커다란 양은 들통에 넣고 세 시간 넘게 삶은 후 그대로 제 온도에 식도록 한두 시간 내버려둔다. 정작 문제는 이때부터인데, 삶아서 식힌 시래기의 비닐처럼 투명하고 질긴 껍질을 하나하나 벗겨내야 하기 때문이다. 이 과정을 생략하면 시래기나물이 식감도 질기고 양념도 배지 않아 맛이 없다. 나는 무념무상한 상태로 시래기 한 줄기 한 줄기의 껍질을 벗긴다. 눈이 침침하고 어깨가 아파도 쭉쭉 벗겨낸 껍질이 쌓이는 걸 보는 재미로 서너 시간은 너끈히 버틴다. 중간에 간식 먹고 쉬었다 벗기고 저녁 먹고 쉬었다 다시 벗긴다. 껍질 벗긴 시래기는 깨끗이 씻어 적당한 분량씩 나누어 냉동실에 넣어둔다. 그러면 내가 먹을 일 년치 시래기가 준비된 것이다.

시래기나물이 먹고 싶으면 냉동실에서 시래기 한 봉지를 꺼내 해동한 다음 양념하여 볶거나 조리면 된다.

어머니처럼 집간장으로 하면 까막고기가 되고, 집된장으로 하면 된장시래기가 된다. 마늘 다진 것과 맛난 멸치 몇 마리, 들기름 한 숟가락만 넣으면 충분하다. 시래기나물은 콩나물이나 무나물처럼 간단한 나물을 만들어 같이 비벼 먹어도 좋지만 나는 오로지 시래기나물만 넣고 비벼 먹는 걸 좋아한다. 밥 한 숟가락에 자르지 않은 긴 시래기 한 줄기를 둘둘 얹어 먹기도 한다. 바삭한 가을 햇빛과 씁쓸한 땅의 맛을 은은하게 간직한 시래기나물의 독특한 맛은 어떤 말로도 표현하기 어렵다. 그저 나는 이게 바로 까막고기의 맛이려니 할 뿐이다.

◆◆◆

내가 시래기나물만큼이나 열광하는 나물 한 가지는 까죽이다. 참죽나무 또는 가죽나무의 새순이라 참죽순 또는 가죽순이라고도 하는데, 내게 그것은 어머니가 처음 일러준 그대로 '까죽'이다. 까죽은 일 년 중 4월 말에서 5월 중순 사이에만 나온다. 벚꽃이 지고 철쭉이 필 즈음이면 시장에서 연한 까죽을 한 묶음씩 묶어놓고 파는 것을 볼 수 있다.

내가 처음 까죽을 먹어본 것은 이십 대 후반이었다. 그때 나는 육식주의자가 되어 있었고 어머니는 채식주의자가 되어 있었다. 육류나 해물류를 싫어해서가 아니라 오로지 종교적인 이유로 채식주의자가 된 어머니는 채식 식단에 결코 만족하지 못하면서도 혹시 그런 불만을 토로는커녕 생각만 해도 종교적인 징벌을 받지 않을까 두려워했다. 그래서 우아한 백조처럼 겉으로는 초연한 태도를 취했지만 어머니 나름대로 물밑에서는 아주 바쁜 움직임을 보이셨다. 어머니는 채식의 소박함과 지루함을 어떻게든 벌충하기 위해 채소와 버섯에 온갖 조리법을 응용하여 육류나 해물류의 맛을 내기 위해 노력했다.

어머니가 개발한 조리법 중에는 말린 표고버섯의 동그란 기둥만을 모아 몇날 며칠을 불려 쿵쿵 찧어 갖은 양념으로 반죽해 부치는 '버섯고기동그랑땡'이 있는

데, 그걸 한 채반 부쳐내기 위해서는 말린 표고 한 가마니 정도가 필요했다. 또 밀가루반죽을 오래 치대어 쫄깃한 육질처럼 만들어 갖은 양념에 볶아 먹는 '밀고기볶음'도 있었고, 같은 방식으로 콩단백을 치대어 길쭉하게 썰어 녹말가루에 묻혀 튀기는 '콩고기탕수육'도 있었다. 두 가지 다 팔죽지가 떨어져나갈 듯한 고된 노동이 필요했다. 아무튼 까죽도 그렇게 채식을 다양화하려는 어머니의 노력이 찾아낸 식재료 중 하나였다. 그때 나는 까죽을 처음 먹고 무슨 이런 맛이 다 있나 싶어 깜짝 놀랐다. 어머니도 그럴 줄 알았다는 듯 흐뭇한 표정으로 내게 일러주셨다.

"이게 바로 까죽이다."

가죽나물은 보통 한 단에 오천 원 정도 하는데, 한 단의 크기가 엄지와 검지로 동그랗게 만 정도밖에 안 된다. 나는 항상 만 원 주고 두 단 사 온다. 우선 가죽의 소중한 이파리들이 떨어져나가지 않도록 조심해서 씻는다. 가죽을 끓는 물에 데쳐 간단히 무쳐 먹기도 한다는데 그렇게 하면 가죽 고유의 향이 날아가서 나는 별로 좋아하지 않는다.

씻은 가죽은 연한 소금물에 담가 반나절 정도 절인 후 너무 꽉 짜지 말고 지그시 눌러 짠 다음 채반에 잘 펼쳐 하루 정도 말린다. 지그시 눌러 짜느라 접히고 오그라진 잎들을 살살 펼쳐 말려야 하는데, 이때에도 잎들이 떨어지지 않도록 조심해야 한다. 말릴 때도 햇볕에 바싹 말려선 안 되고 그늘에서 꾸덕꾸덕 말려야 한다. 안 그랬다간 잎들이 다 부서져 달아난다. '아기 다루듯이'라는 말은 가죽 이파리 다룰 때 하는 말 같다.

이렇게 말린 가죽은 장아찌나 김치나 나물, 뭘 해도 맛있다. 고추장에 차곡차곡 박아놓으면 가죽장아찌가 되고, 김치 양념에 버무려 익혀 먹으면 가죽김치가 된다. 가죽나물은 갖은 양념에 고춧가루와 액젓 등을 넣어 팔팔 끓이다 가죽순을 넣고 후딱 튀기듯 볶아내면 된다. 나는 주로 반은 가죽장아찌, 반은 가죽나물로 만들어 먹는다. 그러려고 두 단을 산 것이다. 가죽은 정말 오묘한 맛과 향을 내는데 먹어보지 않은 사람은 상상조차 할 수 없다. 나무와 쇠와 흙의 맛이 골고루 나서 나는 그것을 '목금토'의 맛이라고 부른다. 밀폐된 용기에 꽁꽁 넣어둔 가죽장아찌는 여름에 그 진가를 발휘하는데, 찬밥을 보리차에 말아 밥 한술에 가죽장아찌 한 오라기씩 얹어 먹으면 그 맛이 기가 막힌다. 물이 더해졌으니 '수목금토'의 맛이라고나 할까. 사등분한 김에 참기름에 비빈 밥과 가죽장아찌 한 줄기씩을 넣어 꼬마김밥처럼 싸 먹어도 맛있고, 대접에 보리밥 담고 가위로 잘게 자른 가죽장아찌와 오이지와 열무김치 넣어 들기름 한 방울 뿌려 비벼 먹어도 맛있다. 가죽을 박아놓은 고추장에도 특유의 향이 배어 그 고추장을 넣고 비비면 가죽 향이 사무치도록 짙어 "이게 바로 까죽이다" 싶다.

이 글을 읽고 그 맛이 너무 궁금하다며 부랴부랴 가죽장아찌를 만들려고 해봤자 소용없다. 가죽은 4월 말에서 5월 초에 반짝 따고 억세어지면 못 먹는다. 나는 이미 제철에 가죽을 사서 여름 안주로 먹으려고 모든 준비를 해놓았다. 지금 우리 집 냉동실에는 백명란과 시래기가 봉지봉지 얼어 있고 냉장실에는 소고기장조림, 오이지무침, 가죽장아찌가 있다. 더 이상 말이 필요 없다. 당장 소주 한 병을 따도 곧바로 안주 한 상을 차려낼 수 있다. 공부와 음주의 공통점이 있다면 미리미리 준비해야 좋은 결과를 얻는다는 것이다. 아니, 생각해보면 세상 모든 일이 그렇다.

3부

끝없이
달고 달고 다디단
가을의 무지개

냄비국수와
고로케

여름 끝물 더위가 가시고 가을바람이 불기만 하면 너무 오랫동안 더운 음식을 못 먹고 지낸 나는 냄비국수를 해 먹고 말리라 잔뜩 벼른다. 식탐자는 맛에 대한 욕망만큼 온도에 대한 욕망도 크다. 낮에는 여전히 찌는 날씨여도 이미 입속엔 가을이 깃들고 뜨거운 국물 음식이 그리워진다.

　요즘은 밖에서 음식 사 먹는 걸 '매식'이라 하지만 내가 어렸을 때 그건 당당히 '외식'이라 불렸다. 외식은 생일이나 소풍, 아버지의 휴가만큼 특별했다. 내 아버지는 일본 선박회사의 선원으로 석유를 실어 나르는 '탱커'라는 거대한 배를 타고 항해했다. 그래서 일 년에 열 달 이상은 아버지 없이 어머니와 딸 셋, 이렇게 네 모녀만 살았다. 어머니는 절약이 몸에 배인 옛날 여인인 데다 남편이 망망대해에서 고생하는데 우리만 호의호식하고 살 수 없다는 마음에서 매우 검소한 식단으로 일관하셨다. 그런 어머니 입에서 외식하자는 말이 나오는 날은 일 년에 한두 번 정도였다.

　그때만 해도 남의 돈을 받고 음식을 파는 사람들은

적어도 보통 사람들보다는 요리 솜씨가 출중했고 식재료도 대부분 국산이어서 손님을 속이고 말고 할 게 없었기에, 돈이 없어 못 사 먹는 게 한이었지 요즘처럼 피 같은 돈을 내고 매식을 한 뒤 쓰레기를 먹었구나 싶은 생각에 화가 치밀거나 식당을 나오면서 주인의 파렴치한 얼굴을 새삼 쏘아보게 되는 일은 드물었다. 또 요즘엔 매식할 때 집밥 같은 음식을 선호하지만 예전에 외식할 땐 짜장면, 우동, 가락국수처럼 집에서 안 해 먹는 가루음식, 즉 분식을 선호했다.

내 생애 첫 외식 음식도 국수였다. 지금도 나는 국수 하면 부산 구덕산 밑에 있던 길쭉한 목로가 놓인 그 국숫집이 떠오른다. 그 집에서는 오직 냄비국수 한 가지만 팔았는데 작은 냄비에 멸치 국물을 붓고 팔팔 끓이다 달걀을 깨뜨려 넣고 흰자가 하늘하늘하게 익어갈 즈음 삶아놓은 국수를 담고 그 위에 유부와 어묵, 쑥갓과 다시마를 고명으로 얹어 내놓았다. 물론 그 집 국수 맛은 따로 설명할 필요가 없이 맛있었다.

그러나 처음 외식을 하던 날 나는 국수를 맛보기도

전에 심한 충격에 빠졌는데 그건 한 사람 앞에 냄비 하나씩이 놓였기 때문이다. 집에서 식사를 할 때 우리 네 모녀는 늘 찌개 냄비를 밥상 한가운데 놓고 각자 밥공기에 덜어 먹었다. 김치찌개나 된장찌개, 심지어 라면도 그렇게 먹었다. 그때까지 나는 내 앞에 냄비 하나를 통째로 받아본 적이 없었다. 그런데 놀랍게도 국수가 오로지 나만을 위한 냄비에 담겨 나온 것이다. 아무도 내 냄비 속의 달걀노른자를 함부로 터뜨려 국물을 흐리지 않았고, 내가 유부와 어묵만 쏙쏙 골라 먹어도 나무라지 않았다. 막내라 늘 음식을 덜 먹고 빼앗긴다는 억울함이 골수에 사무쳐 있던 나로서는 누구의 눈치도 볼 필요 없이 나만의 국수를 오로지 내가 원하는 순서와 방식으로 먹을 수 있다는 데 엄청난 감동을 느꼈다.

뭔가를 먹고 만족하기 위해서는 맛과 온도도 중요하지만, 원하는 스타일로 먹는 것도 중요하다. 밥 먹을 때 개도 안 건드린다는 말이 있는데, 그건 개도 자기가 원하는 스타일로 음식을 즐길 권리가 있기 때문일 것이다. 가을이면 나는 늘 냄비국수가 먹고 싶은데, 그냥 그릇에 담긴 국수 말고 나만의 냄비에 담긴 뜨거운 국수를, 살짝 숨이 죽은 쑥갓부터 건져 먹고 반숙인 달걀 노른자를 호로록 먹고 양념장을 한꺼번에 풀지 않고 조금씩 국수에 끼얹어 먹는 식으로, 그렇게 나만의 스타일로 먹고 싶다.

◆◆◆

　내가 더 이상 부산 구덕산 아래 국숫집 냄비국수를 못 먹게 된 것은 아홉 살 무렵이었다. 그때까지 우리가 부산에 살았던 이유는 아버지가 근무하는 일본 선박 회사에서 휴가를 받은 선원에게 배편만 제공했기 때문이다. 열 달 동안 대양을 떠돌다 두 달의 휴가를 받아 일본의 본사로 귀환한 아버지가 곧바로 배를 타고 당도할 수 있는 가장 가까운 항구도시가 부산이었다. 그런데 내가 아홉 살이 되던 해부터 회사에서 배뿐 아니라 비행기편도 제공하면서 우리가 굳이 부산에 살 필요가 없어졌다. 어머니는 딸 셋을 이끌고 시댁 식구들을 찾아다니며 아이들 교육을 위해 부득이 서울로 이사를 가게 되었노라고 겉으로는 침통한 얼굴로 작별인사를 고했지만 시댁의 본거지인 부산을 떠나 친정의 본거지인 서울로 가게 되어 속으로는 환호작약했을 것이다.

　그런 사정으로 나는 애틋한 냄비국수와 영영 작별하게 되었는데, 대신 서울에 올라온 뒤로 한 달에 한 번 정도 외식에 육박하는 새로운 별식을 맛볼 수 있게 되었다. 그건 오로지 아버지의 월급이 달러로 지급된 덕분이었다. 지정된 은행에서 달러를 환율에 맞춰 한화로 바꾸어주면 어머니가 그 돈을 수령하는 방식이었는데, 당시에는 모든 동네에 모든 은행의 지점이 있지는 않았으므로 어머니는 매달 월급을 타기 위해 버스로 대여섯 정거장 되는 곳에 있는 지정 은행까지 가야했다. 어느 날 월급을 탄 어머니가 소매치기를 경계하며 전전긍긍 버스를 기다리는 중에 어디선가 고소한 냄새가 풍겨왔다. 근처에 '오복당'이라는 빵집이 있었는데 그때 마침 빵집 주인이 막 튀겨낸 '고로케'(크로켓이라 하지 않겠다)를 쟁반에 벌여놓고 있었다. 잠시 망설이던 어머니는 월급도 탔겠다, 배도 고프고 딸들 생각도 난 김에 결코 가격이 만만치 않은 고로케를 무려 네 개나 포장해달라고 했다. 어머니는 고로케가 식지 않도록 서둘러 돌아왔고 세 딸들은 아직 온기가 남아 있는 고로케를 하나씩 배당받았다. 냄비국수처럼 각자의 몫이 뚝 떨어지는, 마름모꼴 기름종이에 싸인 고로케를 받아 들고 나는 또 한 번 감격에 젖었다.

얄팍하고 바삭하고 쫄깃한 튀김옷 속에 볶은 야채와 다진 소시지, 삶은 달걀 등이 촉촉한 상태로 가득 들어 있었다. 그 당시 내 어린 입맛에 제일 맛있는 음식 1위는 통닭 가슴살, 2위는 마른오징어튀김, 3위는 만두였는데, 고로케를 처음 먹어본 나는 대번에 만두를 4위로 밀어내고 고로케를 3위에 등극시켰다. 어머니도 고로케 맛에 중독되었는지 그 후로 매달 월급을 타러 가면 오복당에서 따끈한 고로케를 네 개씩 포장해 왔다. 처음에 오복당 주인은 정확히 한 달에 한 번씩 와서 고로케를 네 개씩 포장해 가는 어머니의 규칙성에 놀랐

고, 다음엔 그런 어머니가 두 달째 오지 않는 것에 더 놀랐다. 그 두 달은 아버지가 휴가를 나와 있던 때라 월급이 나오지 않았던 것이다. 아버지가 두 달의 휴가를 끝내고 바다로 떠난 후 어머니가 다시 월급을 타러 그곳 은행에 갔다 오복당에 들르자 빵집 주인은 그동안 어머니가 오지 않아 죽은 줄 알았다고 눈물까지 글썽이며 반기더니 고로케 하나를 덤으로 주었다고 했다. 물론 그 후로는 덤을 주지 않았다. 그때 그 유일무이한 덤을 누가 먹었는지 모르겠다. 분명히 나는 아닌데.

아무튼 나는 도저히 결정을 내릴 수가 없다. 부산에 살 때처럼 일 년에 한두 번 구덕산 냄비국수를 먹는 쪽과 서울로 이사 와서 일 년에 열 번 오복당 고로케를 먹는 쪽 중 어느 것이 더 좋은지. 어떤 결정을 하든 당장 내 입에 들어오는 건 아무것도 없지만 그래도 나는 주문을 재촉하는 직원 앞에 선 것처럼 안절부절못하며, 아 어떡하지, 둘 중에 뭐 먹지, 목하 고민 중이다.

급식의
온도

서울과 지방 곳곳에는 작가들에게 창작실을 빌려주는 창작촌들이 있다. 가장 유명한 곳으로는 《토지》의 작가 고 박경리 선생님이 지으신 강원도 원주의 '토지문화관'을 들 수 있다. 나는 이 년이나 삼 년마다 토지문화관에 체류 신청을 한다. 작가 한 명당 적당한 크기의 방 하나가 배정되는데, 욕실이 딸려 있고 침대와 책상과 작은 냉장고가 비치되어 있다. 머물 수 있는 기간은 두 달에서 석 달 사이고 취사는 금지되고 식사는 일정한 시간에 식당에 가서 급식을 하도록 되어 있다.

　　이십 대부터 칠십 대까지 연령도 다양한 작가들이, 게다가 시, 소설, 희곡, 시나리오, 평론 등 장르도 다양한 작가들이, 심지어 외국에서 초청되어 온 작가들까지 모여 짧다면 짧고 길다면 긴 시간 동안 공동생활을 하는 것이다. 사정이 그러하니 창작촌 안에서 문학, 예술, 철학 등을 둘러싼 매우 심오하고도 진지한 대화가 꽃필 것이라고 생각하면 오산이다.

　　처음에는 다들 뚱한 얼굴로 목례 정도만 한다. 개중에는 명랑하고 싹싹한 작가들도 있지만, 글 쓰는 사람들이 대개 친화력이 좋은 편이 못 된다. 태생적으로 관계를 맺는 데 서툰 작가들도 있고, 관계에서 지켜야 할 룰이나 관습을 의도적으로 무시하는 작가들도 있다. 가끔 어떤 작가의 얼굴에는 '내가 왜 당신을 보면 반갑게 웃고 인사해야 되는데?' 하는 불만과 항의가 조각도로 새긴 듯 선명히 드러나 있는 경우도 있다.

하지만 작가도 사람이고 사람 사는 건 다 비슷하니, 오랜 시간 한솥밥을 먹다보면 아무리 괴팍한 작가들끼리도 조금씩은 친해지지 않을 수 없다. 그러다 어느 비 오는 밤 술자리라도 한판 벌어지고 나면 비 온 후 대나무 자라듯, 선배후배 관계를 넘어 형님동생이나 부모자식 관계를 방불케 하는 끈끈한 관계들이 사방에서 쑥쑥 자라나 있는 걸 발견하게 된다. 하루 종일 방구석에 처박혀 글 쓰고 책 보고 하느라 다들 그동안 사무치게 외로웠던 것이다. 그렇게 친해진 후 작가들이 주로 무슨 얘기를 나누느냐.

◆◆◆

대부분 먹는 얘기다. 먹고 싶은 음식 얘기, 옛날에 먹었던 음식 얘기, 맛있는 음식 파는 집 얘기, 맛있는 음식 만드는 레시피 얘기, 외국 여행 가서 먹었던 신기한 음식 얘기 등등 다들 갈고닦은 언어 감각을 총동원하여 먹는 얘기에 집중한다. 며칠 창작실을 비우고 서울이나 고향집에 갔던 작가가 돌아오면 가장 먼저 던지는 질문도 "그래, 가서 뭐 좀 맛있는 걸 먹고 왔는가?" 하는 것이다. 그러면 이 작가도 신이 나서 "옛날에 제 고향에서는 개들도 고래고기를 물고 다녔는데요" 어쩌고 하면서 진짜 먹고 온 건지 아닌지 알 수 없는 맛난 먹거리에 대한 얘기를 줄줄 늘어놓는다. 젊은 작가 늙은 작가 할 것 없이 다들 군침을 삼키며 듣는다. 먹는 얘기에 관한 한 창작촌도 군대나 감옥에 뒤지지 않는다.

그럼 창작촌의 급식이 매우 빈약한가 하면 그렇지 않다. 창작촌마다 다르긴 해도 대체로 먹을 만하게 나오는 편이다. 그런데 문제는 바로 '대체로 먹을 만하다' 는 데 있다. 급식은 규격화되고 평준화된 식단과 조리법을 따른다. 비용의 문제도 있지만, 곰삭은 홍어나 개장국, 독하게 매운 냉면을 급식에 넣을 수는 없다. 급식은 일반적으로 누구나 잘 먹는다고 인정된 음식을, 누구나 적당하다고 생각하는 간으로 조리하여 낸다. 이런 음식을 오래 먹다보면 어느 날 갑자기 억압된 미각이 화산처럼 폭발하는 것을 느낀다. 혀가 아우성을 치기 시작하는 것이다.

맛있고 비싼 음식을 내놓으라는 아우성이 아니다. 내 미각에 똑알맞은 음식을 내놓으라는 아우성이다. 내 경우를 보면, 한동안 밍밍한 맛에 미지근한 온도의 음식들만 먹다보면 맵고 뜨거운 음식이 먹고 싶어 견딜 수가 없어진다. 도대체 맵지도 않은 고춧가루는 왜 넣는 것이며, 왜 국을 펄펄 끓을 때 퍼주지 않느냐고 내 혀는 아우성을 친다. 어떤 작가는 왜 백미밥만 주느냐고, 어떤 작가는 왜 한 번도 생선을 주지 않느냐고, 어떤 작가는 왜 온통 시뻘건 양념투성이냐고, 어떤 작가는 왜 이렇게 음식이 짜냐고 아우성을 친다. 각자의 혀에는 각자가 먹고살아온 이력이 담겨 있다. 그래서 혀의 개성은 절대적이며, 그 개성은 평균적으로 봉합되지 않는다.

참다못해 작가들이 가끔 떼를 지어 외식을 하러 나가기도 한다. 그러나 외식도 혀의 아우성을 잠재우기엔 역부족이다. 외식 메뉴 또한 삼겹살이나 생선회처럼 평균적인 메뉴로 결정될 수밖에 없기 때문이다. 누가 내게 무엇을 먹으면 좋겠냐고 물었을 때 내가 냉큼 혀에 불이 날 만큼 맵고 뜨거운 짬뽕을 먹자고 제안할 수는 없는 노릇이기 때문이다. 나로서는 부디 삼겹살집이나 횟집에 매운 땡초가 있기만을 바랄 뿐이다.

◆◆◆

어느 가을, 나는 충청북도 증평에 있는 공장 부지에 지어진 '21세기 문학관'이란 창작촌에 입주해 있었다. 그곳 식당의 특징은 작가들과 노동자들이 같이 밥을 먹는다는 데 있다. 그 얘기를 처음 들었을 때 나는 기대에 부풀었다. 노동자들의 식단에 모종의 환상을 품었던 것이다. 옛날 공사판 함바집처럼 손맛 좋은 아주머니들이 만드는 정겨운 음식을 상상하기도 했다. 그런데 막상 식당에 가보니 일반적인 급식과 별반 다르지 않았다. 아주 매운 음식이 나오지도 않았고 국도 전혀 뜨겁지 않았다. 그런데 어떤 작가는 이곳 음식이 맵다고 했고, 어떤 작가는 짜다고 했다. 어떤 작가는 야채가 부족하다고 했고, 어떤 작가는 단백질이 부족하다고 했다. 창작촌에서 늘 벌어지는 그 일, 혀의 아우성이 시작된 것이다.

그 가을, 우리는 식사하러 갈 때 만나면 반갑게 인사하고(다행히도 당시 그곳에는 '내가 왜 당신을 보면 반갑게 인사해야 되는데?' 하는 불만의 메시지를 얼굴에 새긴 작가는 없었다), 처음엔 가을 하늘이라든가 단풍에 대한 얘기를 조금 나누는 체하다 이내 먹는 얘기에 돌입했다. 누군가 어젯밤에 갑자기 간장게장이 먹고 싶었노라고 얘기하자, 누군가 충남에 있는 간장게장 잘하는 집 얘기를 했다. 누군가 자기는 게장은 못 먹고 게찜만 먹는다고 얘기하자, 누군가 꽃게찜 참 맛있지요 하면서 입맛을 다셨다. 누군가 이번 끼 식단이 김치제육볶음과 무국이라고 얘기하자, 누군가 샐쭉하여 그 좋은 가을무로 끓인 국에 제발 후추 좀 많이 뿌리지 말았으면 좋겠다고 얘기했다. 누군가 이번 주말에 외출하는 작가가 있냐고 묻자, 누군가 일이 있어 서울에 가야 한다고 대답했다. 서울 가면 뭘 먹을 거냐고 묻자, 자기는 무조건 뷔페에 갈 거라는 대답이 돌아왔다. 뷔페면 일반 뷔페를 갈 건지 해산물 뷔페나 고기 뷔페를 갈 건지 묻자, 뷔페에도 그런 게 있느냐고 반문했다. 요즘은 그렇다고 하자, 그거 좀 생각해봐야겠다고 진지하게 대답했다. 그즈음에 우리는 어느덧 식당에 도착했다. 식당에 들어서자 김치와 돼지고기를 볶는 냄새와 후추를 잔뜩 뿌린 무국 냄새가 진동했다.

누군가는 시뻘건 김치제육볶음을 식판에 담지 않고, 누군가는 무국이 짜서 뜨거운 물을 부었다. 우리는 밥을 먹으면서도 먹는 얘기를 계속했다. 어머니가 끓여주는 늙은 호박죽이 먹고 싶다는 얘기도 하고, 뜨거운 밥에 통통한 삼치구이를 얹어 먹고 싶다는 얘기도 했다. 누군가 김치제육볶음에 두부를 같이 줬으면 좋았을 거라고 아쉬워하자, 누군가 손뼉을 짝 치면서 자기 방 냉장고에 두부를 사놓았다고 했다. 누군가 그럼 이 김치제육볶음을 싸 가지고 가서 이따 밤에 그 두부를 곁들여 두부김치를 해 먹으면 어떻겠냐고 하자, 누군가 그럼 자기가 이따 밤에 냉장고에 있는 막걸리를 반 말 가져가겠다고 했다. 그것 참 좋은 생각이라며 김치제육볶음을 식판에 담지도 않았던 작가가 말하자, 뷔페에 갈 거라는 작가가 진지한 얼굴로 "그런데 그걸 꼭 이따 밤에 먹어야 하나요?" 물었다. 일 초쯤 침묵한 후 모두들 그렇지 않다고 고개를 마구 내저었다. 우리는 허둥지둥 자리에서 일어나 김치제육볶음을 싸 가지고 식당을 빠져나와 휴게실로 향했다. 가면서도 먹는 얘기는 끝이 없었다.

먹는 얘기를 하다보면 이렇게 뜻밖의 바람직한 술자리를 낳는 경우도 종종 있다. 그러나 우리가 먹는 얘기를 그토록 끈질기게 계속하는 이유는, 먹는 얘기를 도저히 멈출 수 없는 까닭은, 그것이 혀의 아우성을 혀로 달래는 가장 좋은 방법이기 때문이다. 혀의 미뢰들이 혀의 언어를 알아듣고 엄청난 위로를 받기 때문이다.

그러면 이 작가도 신이 나서

"옛날에 제 고향에서는 개들도 고래고기를 물고 다녔는데요"

어쩌고 하면서 진짜 먹고 온 건지 아닌지 알 수 없는

맛난 먹거리에 대한 얘기를 줄줄 늘어놓는다.

젊은 작가 늙은 작가 할 것 없이 다들 군침을 삼키며 듣는다.

먹는 얘기에 관한 한 창작촌도 군대나 감옥에 뒤지지 않는다.

가을무
삼단케이크

나는 평소에 사탕, 초콜릿, 아이스크림, 단 빵이나 과자, 케이크 등을 잘 먹지 않는다. 가까운 사람들은 내가 술꾼이라 단것을 좋아하지 않는 거라고 말한다. 어쩌면 그럴지도 모른다. 하지만 내가 단것을 전혀 좋아하지 않는 건 아니다. 딸기, 포도, 사과 같은 과일의 새콤한 단맛이나, 꽃게, 새우, 조개 같은 해산물의 은근한 단맛을 나는 아주 좋아한다. 그러니까 나는 감미료를 넣어 인공적으로 달게 만든 음식을 싫어할 뿐 천연 재료가 품고 있는 단맛은 몸서리치게 탐닉하는 편이다.

봄에 싹텄던 것들은 여름에 왕성히 자라 마침내 가을이면 완숙에 이른다. 그런 의미에서 맛에 있어서만은 가을이 쇠락의 계절이 아니라 절정의 계절이라는 게 내 생각이다. 그 절정은 단맛으로 표현된다. 모든 먹을거리들은 가을에 가장 달콤해진다. 그중 내가 가장 좋아하고 자주 조리해 먹는 건, 연하게 사각거리고 시원한 단맛이 배어 있는 가을무이다. 생각해보면 무만큼 쓸모 있고 다채롭게 쓰이는 식재료가 또 있을까 싶다.

내가 어렸을 때는 간식으로 무를 깎아 먹었다. 아버지 종아리보다 굵은 무 하나면 다섯 식구가 배부르게 먹을 수 있었다. 무를 먹고 나면 시도 때도 없이 맑고 시원한 트림이 나왔는데, 식구 중에 누가 트림을 할 때마다 어머니는 "가을무를 먹고 트림을 안 하면 산삼 먹은 거나 다름없다던데" 하며 번번이 아쉬워하셨다. 어머니를 위해 나는 몇 번 트림을 참아보려고도 했지만 생무를 먹고 트림을 하지 않을 도리는 없었다.

　　무를 채 썰어 생채로 무쳐놓으면, 고기 구워 먹을 때 곁들여도 좋고 아무 때나 아무 반찬 넣고 비빔밥을 만들어 먹어도 좋다. 잘게 깍둑 썰어 담근 깍두기는 콩나물국에 어울리고, 큼직큼직 썰어 담근 깍두기는 고깃국이나 설렁탕에 좋다. 툭툭 칼로 빗금 치듯 삐져 새콤달콤하게 담근 무김치는 충무김밥의 필수 반찬이다.

　　말이 나온 김에, 무와 김이 얼마나 맛있는 조합인지 얘기해야겠다. 어렸을 때, 겨울에 딱히 먹을 반찬이 없으면 어머니는 아침마다 김 수십 장을 참기름 발라 소금 뿌려 구웠다. 그럴 때면 딸 셋 중 누군가는 고무장갑을 끼고 양재기를 들고 마당에 나가 살얼음 낀 동치미를 떠 와야 했다. 뜨거운 밥을 구운 김에 싸 먹고 차디찬 동치미 무와 국물을 떠먹으면 그 조합이 기가 막혔다. 아침에 없던 반찬이 저녁에 생길 리가 없었다. 그러면 어머니는 무를 큼직큼직 썰고 양념장을 뿌리고 멸치육수를 부어 무조림을 만들었다. 무만 조려도 맛있지만 그것만으로는 영양가가 부족할 수 있다고 생각한 어머니는 무 위에 부친 두부와 반 가른 삶은 달걀도 얹어 삼층 조림을 만들기도 했다. 요즘도 나는 가끔 그렇게 어머니가 했던 방식대로 층층이 양념장을 뿌려 매콤한 삼층 조림을 만들어 무와 두부, 삶은 달걀을 건져 먹고 자작한 국물에 밥도 비벼 먹는다.

무는 생선이나 해물, 고기에 두루 어울려 탕이고 조림이고 안 들어가는 데가 거의 없다. 특히 가을에 그 맛이 절정인 꽃게탕이나 갈치조림에는 무조건 무가 들어가야 한다. 나는 꽃게는 탕으로 먹는 것보다 찜으로 먹는 걸 좋아해서 꽃게탕은 잘 끓이지 않는다. 하지만 갈치조림은 가계의 출혈을 무릅쓰고 가을에 꼭 한 번은 만들어 먹고야 마는 음식이다.

◆◆◆

우리 동네에는 오래된 전통시장이 있는데 시장길 양옆으로 지네발처럼 가게들이 뻗어나가 규모가 제법 크다. 야채면 야채, 생선이면 생선, 두부면 두부, 나는 정해놓은 가게에만 가는데, 가끔 단골가게 주인이 나를 속이기도 한다. 장사꾼이니 그건 뭐 어쩔 수 없다고 본다. 문제는 내가 단골가게의 파렴치함이나 배신행위가 드러났을 때 곧바로 다른 가게로 발길을 돌릴 만큼 결단력이 없다는 데 있다. 나는 시장을 이리저리 쏘다니다 결국은 단골가게로 향하고 만다. 지난번에 산 키조개가 상했다든가 시금치가 물렀다든가 거슬러 준 잔돈이 잘못되었다는 말을 한 적도 있지만 이제 나는 입을 다문다. 내가 그런 말을 하면 자책하거나 화를 낼 것이 분명한, 뭐라고 표현하기 어려운, 가엾고 뻔뻔하고 슬프고 사나운, 기묘하게 모순되는 그들의 표정을 상상하는 것만으로 충분하다. 그들도 아는 것이다.

갈치조림을 위해 단골 채소가게에서 무와 양념을 사고 단골 생선가게로 간다. 줄줄이 누워 있는 은빛 갈치들 중에 제법 큰 놈을 내가 손가락으로 가리키자 생선가게 남자는 낮고 조심스러운 목소리로 가격을 말한다. 그렇게 말해야 숫자의 어마어마함이 상쇄되기라도 하는 듯이. 가격을 들으면 절로 손가락이 떨리지만 나는 꾹 참고 그걸 가리키며 손질해달라고 한다. 프라이팬에 튀겨 먹을 때야 좀 마른 놈을 사서 바짝 튀겨도 맛있지만 조림을 하려면 갈치에 인심을 많이 써야 한다.

"비닐 긁어드려요?"

생선가게 남자는 언제나 '비늘'을 '비닐'이라고 발음한다. 그렇게 오래 생선을 팔아왔을 텐데 주변에서 아무도 그 오류를 지적해주지 않았다는 사실이 신기하다. 하지만 나 역시 굳이 지적할 필요는 못 느낀다. 알아들었으면 됐다.

"살짝 긁어주세요."

아저씨가 잘 벼려진 무쇠칼로 갈치 지느러미를 길게 잘라내고 '비닐'을 쓱쓱 긁어내는 동안, 나는 '비닐'에 얽힌 또 하나의 기억을 떠올린다. 한때 나는 스타크래프트 게임에 재미를 붙여 게임 채널에서 방송하는 유명 게이머들의 경기를 자주 보았다. 게이머들의 나이는 대개 십 대 중후반에서 이십 대 초반이었다. 어느 날 귀엽게 생기고 패션에 민감한 어린 게이머가 진회색 니트로 된 비니를 쓰고 나왔다. 젊은 해설자가 "아, 저 선수, 오늘은 비니를 쓰고 나왔네요"라고 말하자 나이 든 해설자가 잠시 침묵을 지키더니 결국 참지 못하고 이렇게 물었다.

"아무리 봐도 비닐을 쓴 것 같지는 않은데요?"

"네?"

"암만 봐도 비니루 같지는 않다고요."

그 후 아무 소리도 들리지 않았다. 다만 화면에 입을 가리고 끅끅 숨넘어가게 웃는 젊은 해설자와, 영문을 몰라 인상을 찌푸린 나이 든 해설자의 모습이 잠깐 나타났다 사라졌다.

남자가 또 묻는다.

"소금 쳐요?"

"조릴 거니까 조금만요."

비늘 비닐 비니 비니루 뭐 그런 생각을 하다 문득 남자가 건네는 봉지를 받아 든다. 머리 떼고 꼬리 떼고 토막 친 갈치 봉지가 너무 가벼워 마음이 아프다. 다른 손에 든 무와 비교하니 그 무게감이 더 비교된다. 그런 내 마음을 읽었는지 남자가 선심 쓰듯 눈짓을 한다.

"저거 좀 담아드려요?"

남자가 눈짓으로 가리킨 곳에는 꽃게 몸통에서 떨어져 나온 게다리가 무더기로 쌓여 있다. 그제야 나는 흡족하게 고개를 끄덕인다. 남자가 게다리를 한 봉지 담아 내민다. 가벼운 갈치 무게에서 받은 아쉬움이 조금은 가신다. 원래는 게다리 한 봉지에 천 원은 받는데, 이래서 단골이 좋은 거다.

가을에 무 넣고 조리는 갈치조림이야 도무지 맛없게 만들기가 쉽지 않은 음식이다. 우선 가을 햅쌀을 씻어 밥부터 앉혀놓는다. 그리고 무를 갈치 몸통 두께보다 조금 두껍게 썰어 냄비 바닥에 깔고, 갈치 얹고, 양념장 뿌리고, 물 부어 보글보글 끓인다. 마지막으로 무를 나박나박 썰어 마늘 한 톨 눌러 넣고 된장국을 끓이는데, 이때 공짜로 얻어 온 게다리를 넣으면 보통 보람찬 게 아니다. 드디어 온 집 안에 맛있는 냄새가 진동한다. 나는 서둘러 밥상을 차린다.

같은 음식을 먹어도 사람마다 먹는 방식이 다르다. 어떤 사람은 고기 먹고 밥 먹고 상추 먹는 식으로 순차적으로 먹지만, 나는 상추에 고기와 밥을 싸서 한 번에 먹는 걸 선호한다. 어떤 사람은 생선 살을 발라 먹고 밥을 먹지만, 나는 꼭 밥을 뜬 숟가락 위에 발라낸 생선 살을 얹어 같이 먹는다. 병치레를 많이 했던 내가 어렸을 때 몹시 앓고 난 후면 어머니는 부엌 처마 밑에 걸어두고 아끼던 굴비 두름에서 한 마리를 꺼내 연탄불에 구워 살을 발라내 밥숟가락 위에 얹어주시곤 했다. 연탄불에 구운 옛날 굴비의 맛이야 뭐라 말을 보태고 말고 할 필요도 없지만, 나는 특히 굴비 살을 따뜻한 밥 위에 얹어 먹는 게 좋았다. 유년에 먹던 그 맛과 방식은 지금까지도 이어진다.

나는 밥 한 숟가락에 조린 무 한 점을 얹고 그 위에 갈치를 얹는다. 햅쌀밥과 가을무와 갈치 속살로 이루어진 자그마한 삼단 조각케이크를 나는 한입에 넣는다. 따로 먹는 것과 같이 먹는 건 전혀 다른 맛이다. 정말 이렇게 먹어보지 않은 사람은 모른다. 밥과 무와 갈치가 어울려 내는 이 끝없이 달고 달고 다디단 가을의 무지개를. 마지막으로 게다리를 넣어 구수한 단맛이 도는 무된장국을 한술 떠먹는다. 그러면 내 혀는 단풍잎처럼 겸허한 행복으로 물든다.

봄에 싹텄던 것들은 여름에 왕성히 자라

마침내 가을이면 완숙에 이른다.

그런 의미에서 맛에 있어서만은 가을이 쇠락의 계절이 아니라

절정의 계절이라는 게 내 생각이다.

그 절정은 단맛으로 표현된다.

모든 먹을거리들은 가을에 가장 달콤해진다.

그중 내가 가장 좋아하고 자주 조리해 먹는 건,

연하게 사각거리고 시원한 단맛이 배어 있는 가을무이다.

4부

목에서 손이 나오는
겨울 첫맛

그 국물
그 감자탕

＊

언제부터였는지 몰라도 어머니는 나를 "간순아!" 하고 불렀다. 이를테면 어머니가 깍두기를 담그다가 "간순아! 와서 간 좀 봐라!" 하면 내가 부엌으로 달려가 간을 보는 식이었다. 어머니는 갓 버무린 깍두기 하나를 내 입에 넣어주며 물었다.

"어떠냐? 짜냐, 싱겁냐?"

나는 깍두기 무를 씹으며 미간을 모으고 생각에 잠겼다. 그때만은 어머니는 막내딸인 나를, 아니 내 혀를 매우 존중하는 태도를 보였다.

"간은 맞아요."

"그렇지? 그럼 달기는?"

"달기도 적당해요."

"그렇지? 적당하지?"

"그런데 이번 깍두기는 좀 맵게 된 것 같아요."

"그렇지? 좀 맵게 됐지? 이번 고춧가루가 맵다더니만."

"매운데 맛있어요."

"그래? 매운데 맛있어? 이번 고춧가루가 맵지만 맛

있는 고춧가루긴 하더라.”

　어머니와 나는 실험에 몰두한 동료 과학자들처럼 머리를 맞대고 음식의 간과 맛에 대해 의논했다.

　어머니는 자신감이 부족한 사람이 아니었다. 오히려 자신감 과잉에 가까워, 가끔은 자신이 틀릴 수도 있다는 사실을 결코 인정하려 들지 않았다. 그런 어머니가 왜 음식 간 보는 일을 어린 딸에게 맡겼을까? 그건 어머니가 돌다리도 두드려보고 건너는 세심한 성격의 완벽주의자였기 때문이다. 어머니는 자신이 본 음식 간이 맞는다고 확증해줄 누군가가 필요했다. 언니들은 학교에 가고 없으니 아쉬운 대로 막내인 나를 간 보는 조수로 이용할 수밖에 없었다. 아마 내가 그 조수 역할을 제법 잘해냈던 모양이다. 어머니는 언니들이 집에 있어도 간 보는 일만은 내게 맡겼다.

　내가 초등학교에 들어가자 어머니는 내게 나물에 깨를 뿌리는 일을 맡겼고, 그다음엔 감자볶음에 후추를 뿌리는 일도 맡겼다. 후추 맛을 좋아했던 나는 감자볶음에 후추를 너무 많이 뿌리는 만행을 저질렀고 어머니는 한동안 내게 아무 일도 시키지 않았다. 어린 '간순이'는 그 일로 인해 소중한 교훈을 얻었으니, 아무리 좋아하는 재료라도 지나치게 많이 넣으면 음식 맛을 망친다는 것이었다.

내 생각에 요리를 하는 사람이 희열을 느끼는 순간은 막 완성된 음식을 가장 먼저 맛보는 순간일 것이다. 완벽주의자인 어머니 덕분에 나는 요리도 하지 않고 어린 시절부터 그 희열을 공짜로 누려온 셈이다. 간을 보는 일 중에 내가 제일 좋아한 것은 국이나 찌개처럼 국물이 있는 음식 간을 보는 것이었다. 처음에는 뜨거운 국물을 못 먹어 어머니가 호호 불어 식혀주었지만 나이가 들면서 점차 뜨거운 국물도 잘 먹게 되었다. 식은 국물보다 뜨거운 국물이 더 맛있다는 것도 알게 되었고, 온도에 딱 맞는 간의 정도도 맞추게 되었다.

◆◆◆

　신문이나 TV에서 한국인의 나트륨 섭취량이 세계
적으로 높다고 떠들어대기에 나는 한국 음식이 많이
짠 편인가 보다 생각했다. 그런데 웬걸, 박찬일 셰프가
쓴 책을 읽어보니 이탈리아 피자가 그렇게 짤 수가 없
다는 것이다. 그래서 이탈리아 여행을 하려는 한국인
은 짜지 않은 피자를 파는 이탈리아 식당을 알고 가는
게 필수라고 한다. 신기한 건 이탈리아에서 피자만 유
독 짠 게 아니라 파스타나 샌드위치 같은 음식도 굉장
히 짜다나. 더 놀라운 건 이탈리아 음식만 그런 게 아
니라 일반적으로 유럽 음식이 한국 음식보다 훨씬 짜
다고.

　그럼 어떻게 된 것일까? 한국인의 소금 섭취량이 별
로 높지 않다는 얘기냐? 그건 그렇지 않단다. 박 셰프
의 결론은 한국 사람들이 국물을 너무 좋아하기 때문
에 나트륨 섭취량이 세계 상위에 랭크돼 내려올 줄을
모른다는 것이다.

그렇다. 문제는 국물이었다. 나도 국물을 좋아한다. 어렸을 때 어머니가 간 보라며 떠주던 첫 국물의 맛을 나는 아직도 잊지 못한다. 국물, 국물, 하고 중얼거리다보면 온갖 종류의 국물 맛이 혀 밑에 잔잔히 깔리곤 한다. 육류를 곤 국물도 뼈냐 힘줄이냐 살이냐 껍질이냐에 따라 맛이 다르고, 해물을 곤 국물도 생선류냐 조개류냐 해조류냐 알류냐에 따라 맛이 다르다. 이러저러한 고기−해물−채소를 섞어 맛국물을 낼 수도 있으니 국물 내는 방식의 조합은 무궁무진하다. 또 동치미, 열무김치, 나박김치 등 발효된 국물의 맛은 또 얼마나 다른가. 좋은 재료를 제대로 우려내거나 발효시킨 모든 국물은 죄다 맛있다.

　　나는 국물을 숟가락으로 떠먹는 일이 거의 없다. 볼썽사납지만 뜨겁건 차갑건 그릇째 들어 마시거나 국자로 퍼먹는 걸 선호한다. 물론 그 국물들에는 어느 정도 간이 되어 있을 것이고, 아무리 약하게 간이 되어 있다 하더라도 그런 식으로 국물을 시원스레 퍼마시다보면 짜디짠 오리지널 이탈리아 피자 몇 조각을 먹은 것보다 더 많은 나트륨을 섭취하게 될 것은 자명한 이치이다. 나는 그걸 몰랐다.

◆◆◆

그러나 안다고 아는 만큼 먹게 되는 건 아니다. 나는 아직도 국물 마니아이다.

가끔 견딜 수 없이 어떤 국물이 먹고 싶어지는 때가 있다. 무언가가 몹시 먹고 싶을 때 '목에서 손이 나온 다'는 말을 하는데, 그럴 때 내 목에서는 커다란 국자 가 튀어나오는 듯한 느낌이다. 당장 그 국물을, 바로 그 국물을, 다른 국물이 아닌 바로 그 국물의 첫맛을 커다란 국자로 퍼먹지 않으면 살 수가 없을 것 같아지 는 것이다. 그렇게 열광적으로 그리워하는 국물 중 하 나가 감자탕이다.

내가 감자탕을 처음 먹은 때가 언제인지는 기억나지 않는다. 하지만 감자탕 맛에 제대로 꽂히게 된 때가 언 제인지는 정확히 기억한다. 제법 추운 날이었다. 남자친구가 감자탕을 잘하는 집이 있는데 먹으러 가지 않겠느냐고 했다. 사귄 지 얼마 안 되어 매우 설레던 때라 "난 감자탕 별로 안 좋아하는데" 어쩌고 해서 남자친구의 제안에 초를 칠 생각은 하지 않았다. 제법 규모가 크지만 허름하기 짝이 없는 식당에 앉아 한참을 펄펄 끓인 감자탕의 첫 국물을 떠먹는 순간 나는 화들짝 놀랐다. 감자탕 국물이 원래 이렇게 시원하고 맛있었던가? 믿을 수 없었다.

그 후로 우리는 일주일이 멀다 하고 그 집 감자탕을 먹으러 다녔다. 나중에는 남자친구가 조금 질린 것 같았지만, 그 친구도 "난 감자탕에 질렸는데" 어쩌고 해서 내 열광에 초를 치지는 않았다. 그러다 언제부턴가 그 집 감자탕 맛이 변한 것 같았다. 주인이 바뀌지도 않았고 손님들도 여전히 많았지만 나는 확실히 느낄 수 있었다. 그건 첫 국물만 떠먹어보면 알 수 있는 일이었다. 내가 남자친구에게 감자탕 맛이 변한 것 같다고 하자 그 친구도 그런 것 같다고 했다. 우리는 오로지 선의에서 우러나 감자탕 맛이 좀 변한 것 같다고 주인에게 얘기했다. 주인은 고개를 저으며 그럴 리가 없다고 했다. 재료도 조리법도 옛날과 달라진 게 하나도 없다고 대답하는 주인의 얼굴에 불쾌감이 가득했다. 그러나 정말 불쾌한 건 나였다. 나로 말하자면 어려서부터 완벽주의자인 어머니로부터 오랜 시간 '간순이'로 훈련받아온 사람이었다. 우리는 자연히 그 집에 발길을 끊었다.

◆◆◆

지금까지 감자탕을 맛있게 한다는 식당을 찾아 이곳저곳 다녀보긴 했지만, 나를 화들짝 놀라게 했던 그 첫 국물의 맛을 내는 집은 아직도 찾지 못했다. 아마 영원히 찾지 못할 것이다. 지금 돌이켜 생각해보면, 그 허름한 식당의 주인 말대로 그 집 감자탕 맛은 변하지 않았던 건지도 모른다. 늙은 '간순이'로서 새롭게 깨달은 바가 있다면, 음식의 맛에는 화학적 작용만으로 설명되지 않는 마법적 작용이 숨어 있다는 것이다. 첫맛이 주는 놀라움 속에는 어린 나를 동료처럼 존중해준 어머니의 '신뢰'라든가, 내게 맛있는 감자탕을 먹이고 싶어 한 남자친구의 '애정' 같은 마법의 조미료가 숨어 있었다. 그래서 나는 오늘도 목구멍에서 국자가 튀어 나오는 고통을 느끼며, 잊지 못할 첫 국물의 맛을 그리 워하는 것이다.

솔푸드
꼬막조림

밤새 눈이 많이 내린 날 오래 찬찬히 내려 폭신하게 쌓인 눈을 밟으며 나는 시장에 꼬막을 사러 간다. 내가 단골로 꼬막을 사는 곳은 늙은 여자의 해물 노점이다. 원래부터 그 여자가 노점을 했던 건 아니다. 예전에 그녀는 자기보다 젊은 여자와 가게 하나를 반으로 나눠 장사를 했다. 그들은 바지락, 새우, 꼬막, 낙지 같은 해물을 팔았다. 그들은 나란히 앉아 바지락을 깠는데, 파는 물건도 같고 배열한 위치도 같아서 늙고 젊은 차이만 빼면 똑같은 페이지를 복사해놓은 것처럼 보였다. 그런데 어느 날 젊은 여자 혼자 앉아 장사를 하고 있었다. 늙은 여자가 아픈가 했는데, 며칠 뒤 그녀가 맞은편 골목 귀퉁이에 비닐을 치고 노점 좌판을 벌인 걸 보았다. 역시 파는 해물은 똑같았다. 두 여자가 왜 결별하게 되었는지는 모르겠지만, 따로 노점을 차린 후 늙은 여자의 가게에는 종종 그녀의 딸로 보이는 중년의 여자가 함께 앉아 있곤 했다. 그녀는 짙은 화장에 점잖지 못한 차림새를 하고 거울을 보거나 손톱을 씹고 있었다.

늙은 여자의 노점에는 참꼬막은 없고 새꼬막만 있다. 내가 사려는 것도 새꼬막이다. 꼬막값이 많이 올라 일 킬로그램에 만 삼천 원이나 한다. 내가 일 킬로그램을 달라고 하면 늙은 여자는 바람막이 비닐을 걷고 허리가 완전히 접힌 자세로 걸어 나와 꼬막을 담는다. 그녀는 늘 "넘었네, 넘었어" 하고 중얼거리고 나는 늘 "단골이니까요" 하고 중얼거린다. 정신이 온전치 않은 듯한 그녀의 딸은 오늘 보이지 않는다.

◆◆◆

사람과 사람이 만나 사랑하고 연애하고 결혼하게 될 때, 의외의 복병은 음식이다. 처음 열정에 사로잡혔을 때에야 음식 따위는 눈에 들어오지도 않는다. 음식뿐이랴. 세상 어느 것도 눈에 뵈는 게 없다. 넓디넓은 푸른 바다에 오직 그 사람과 나, 단둘이만 작은 배 위에서 격하게 흔들린다. 그런데 데이트를 하고 차를 마시고 밥을 먹고 때로 술도 한잔하다보면 비로소 음식이니 식성이니 하는 문제가 떠오르는 시기로 접어든다. 연인들의 항해는 어느덧 끝이 나고, 작은 점처럼 멀어졌던 현실이 점점 거대한 해안선으로 드러나기 시작한다. 거기엔 온갖 비루하고 형이하학적인 문제들이 들끓고 있는데, 음식도 그중 하나이다.

음식은 위기와 갈등을 만들기도 하고 화해와 위안을 주기도 한다. 한 식구食口란 음식을 같이 먹는 입들이니, 함께 살기 위해서는 사랑이나 열정도 중요하지만, 국의 간이나 김치의 맛도 그에 못지않게 중요하다. 식구만 그런 게 아니다. 친구, 선후배, 동료, 친척 등 모든 인간관계가 그렇다. 나는 사람들을 가장 소박한 기쁨으로 결합시키는 요소가 음식이라고 생각한다. 맛있는 음식을 놓고 둘러앉았을 때의 잔잔한 흥분과 쾌감, 서로 먹기를 권하는 몸짓을 할 때의 활기찬 연대감, 음식을 맛보고 서로 눈이 마주쳤을 때의 무한한 희열. 나는 그보다 아름다운 광경과 그보다 따뜻한 공감은 상상할 수 없다.

그런데 항상 모든 일엔 대립과 불일치가 존재한다.

꽃과 바람과 호수를 얘기하던 연인들이 순댓국과 돼지갈비와 파스타를 놓고 싸우는 부부가 된다. 우리 부모님 또한 그러하였으니, 아버지는 해안가 출신이었고 어머니는 내륙 출신이었다. 태어나 바다 구경 한 번 못하고 내륙에서만 살아온 어머니와 바닷가에서 태어나 배를 타며 바다와 가깝게 살아왔던 아버지가 중매로 만나 연애라는 완충 과정도 없이 제꺽 결혼해버렸을 때, 그들의 신혼생활은 그야말로 문명의 충돌 과정이었다. 하루 세끼 먹는 음식은 가장 첨예한 갈등의 진원지였다. 처음엔 새색시인 어머니의 양보와 헌신으로 갈등이 훈훈하게 봉합되는 듯했으나, 어머니의 임신과 입덧으로 이번엔 아버지가 한발 물러설 수밖에 없었다. 아기가 태어나고 애매한 양보 국면이 이어지다, 마침내 참을성 없는 아버지가 바다 사나이의 호연지기를 드러내면서 갈등은 걷잡을 수 없이 커졌다. 그렇다고 어머니도 만만치는 않았으니, 딸을 셋이나 낳아 더 이상 새색시도 아닌 바에, 남편 식성에 맞는 음식만 계속 해댈 수는 없었다. 어머니는 비늘이 생생히

돈은 생물 생선보다는 말린 생선을 선호했고, 또 생선류보다는 조개나 새우 같은 해물류를 좋아했으며, 해물류도 슬쩍 익혀 먹기보다는 바짝 익혀 먹는 쪽을 고집했다. 그렇게 나의 부모님이 같이 살아남기 위해 끊임없이 다투고 협상하고 고육지책을 짜내는 과정에서 나의 솔푸드인 꼬막조림이 탄생했다.

　모든 음식의 맛 속에는 사람과 기억이 숨어 있다. 맛 속에 숨은 첫 사람은 어머니이고, 기억의 첫 단추는 유년이다. 내 기억 속 꼬막의 맛은 어린 시절 어머니가 만들어준 새꼬막조림에서 왔다. 나중에 어른이 되어 술집에서 안주로 나온 참꼬막을 보고 나는 기겁을 했는데, 껍데기의 생김새도 흉측한 데다 삶은 듯 만 듯 핏물 주머니를 동그랗게 매단 알맹이는 또 뭐며, 결정적인 건 거기에 아무 양념이 없다는 것이었다. 요즘은 그런 핏물 주머니 참꼬막도 즐겨 먹지만 그래도 내게 꼬막은 무조건 새꼬막이고 조리법은 무조건 어머니의 방식이다.

　이제 꼬막조림을 해보자. 꼬막을 해감할 필요는 없

다. 칫솔로 세세하게 닦을 필요도 없다. 그저 올록볼록한 양재기에 쏟아놓고 찬물을 부어 고무장갑 낀 손으로 왈그락달그락 요란하게 씻으면 된다. 깨끗이 씻은 꼬막을 냄비에 넣고 찬물을 부어 삶는다. 꼬막을 삶을 동안 양념장을 만들면 된다. 물이 펄펄 끓으면 불을 끄고 찬물에 헹군다. 참꼬막을 이렇게 펄펄 끓여 삶아 냈다간 욕먹기 십상이지만 새꼬막이니 상관없다. 입 벌린 꼬막 껍데기를 한쪽만 떼어낸다. 그렇게 쟁반에 늘어놓은 꼬막들은 수많은 눈동자들처럼 보인다. 그것들을 하나씩 하나씩 깨끗이 씻는다. 이렇게 세심히 씻을 거라서 미리 해감을 안 했지만, 사실 이 과정이 제일 괴롭다. 꼬막은 찬바람 불면서부터 봄바람 불기 전까지가 제철이라, 물은 차고 손은 시리다. 다 씻은 꼬막을 밑이 넓은 냄비에 한 켜씩 깔고 양념장을 뿌린다. 그렇게 층층이 양념된 꼬막 냄비를 불에 얹어 처음엔 센불로, 다음엔 중불로 바특하게 조린다.

바깥에 칼바람이 불든 눈보라가 치든 상관없다. 따끈하고 매콤짭짤한 꼬막조림 한 냄비면 땀을 송송 흘

173

려가며 밥 한 공기를 뚝딱 비울 수 있다. 여기에 순두부나 달걀찜을 곁들이면 더 바랄 게 없다. 심심한 순두부나 달걀찜에 꼬막 국물이 진하게 밴 양념장을 뿌려 먹거나 밥에 넣고 같이 비벼 먹어도 맛있다. 어머니는 꼬막을 씻고 삶고 까느라 기진맥진이 된 날엔, 순두부고 달걀찜이고 다 귀찮아 간단히 달걀프라이만 부쳐 각자의 밥 위에 얹어주곤 했다. 이때 달걀에 소금을 전혀 뿌리지 않았는데, 그 또한 꼬막 양념장이 있기 때문이었다.

요즘 내가 어머니와 조금 다르게 하는 부분이 있다면 양념장에 매운 고추를 듬뿍 다져 넣는 것과 밥상 위에 소주 한 병을 올리는 정도이다. 어머니는 매운 음식을 좋아하지 않으셨고 술은 입에 댄 적도 없다. 아버지는 매운 음식을 좋아하셨고 지독한 술꾼이었다. 내가 만든 꼬막조림을 더 좋아하실 게 분명한 아버지는, 그런데 지금 안 계시다.

나는 사람들을 가장 소박한 기쁨으로

결합시키는 요소가 음식이라고 생각한다.

맛있는 음식을 놓고 둘러앉았을 때의 잔잔한 흥분과 쾌감,

서로 먹기를 권하는 몸짓을 할 때의 활기찬 연대감,

음식을 맛보고 서로 눈이 마주쳤을 때의 무한한 희열.

나는 그보다 아름다운 광경과

그보다 따뜻한 공감은 상상할 수 없다.

어묵
한 꼬치의
든든

＊

나는 사람 얼굴을 잘 못 알아보고 이름도 잘 못 외워 종종 오해를 산다. 거기다 술까지 퍼마시니 술 먹고 튼 관계는 술 깨고 나서 깜깜이다. 한 젊은 시인은 내게 세 번째로 자기소개를 하고는 누구에게랄 것도 없이 화를 냈고, 어떤 소설가는 내가 이름을 묻자 기가 막힌 얼굴로 자리를 뜨기도 했다. 그래서 나는 누가 먼저 인사를 해오면 이름을 묻거나 정체를 밝히길 요구하지 않고 무턱대고 알은체를 하며 뭉개는 수법을 쓴다. 뭉개면서 호시탐탐 상대에 관한 정보를 수집하는데, 누군가 등 뒤에서 상대의 이름을 부른다든지 해주면 쾌재를 부르지 않을 수 없다.

◆◆◆

예전에 시청 앞에서 낯익은 중년 남성을 만났다. 낯까지 익은 정도면 보통 자주 만난 사이가 아닐 테니 자칫 이름을 묻는다든가 해서는 큰일이 날 판이었다. 그쪽에서도 나를 알아보고 인사를 하며 무슨 일로 나오셨느냐 묻기에 약속이 있다고 했다. 예의상 그에게도 무슨 일로 나오셨느냐 물었더니, 제가 취직을 했습니다, 했다. 그러시군요 잘됐네요, 하고 헤어졌는데 그의 이름은커녕 시인인지 소설가인지 평론가인지도 알수 없었다. 취직을 했다니 근처겠지 싶어 시청 근처의 출판사, 신문사, 대학 등을 쭉 꿰보다 지쳐 포기하려는 순간 갑자기 생각이 났다. 생각이 난 순간 입에 침이 고였다.

그는 우리 동네 시장에서 내가 단골로 어묵을 사 먹는 작은 분식집의 주인 남자였다. 처음엔 부부가 하다가 언제부턴가 남자가 보이지 않아 물었더니 여자가 자랑스럽게 남편이 취직했다고 말한 걸 들은 기억이 났다. 이쯤 되면 내 기억력이 아직 살아 있다고 기뻐해야 할지 죽어간다고 슬퍼해야 할지 모를 지경이다.

아무튼 나는 우리 동네 전통시장을 사랑한다. 그 분식집만 해도 튀기지 않은 찐 어묵을 파는데, 어묵이 얼마나 담백하고 쫄깃한지, 국물이 얼마나 깨끗하고 시원한지 모른다. 해장으로 꼬불이 어묵 한 꼬치에 국물

두 컵을 마시면 속이 든든하고 술이 다 깬다. 분식집 부부로 말하자면, 처음엔 내 단골 채소가게 옆에 있던 중국산 바퀴벌레 약 파는 좌판 자리에 어묵 리어카 하나만 놓고 시작해 이제는 그 옆 나물 좌판까지 접수하며 어엿이 가게 모양을 갖춘 입지전적 인물들이다. 그래서 나는 어묵을 먹으면서 바로 옆 채소가게에서 대파나 버섯 등을 주문할 수 있다.

그 채소가게도 굉장히 잘되는 집인데, 주로 장사를 하는 사람은 주인 여자와 알바 여자이다. 주인 남자는 종종 술에 취해 있어 잔돈을 잘못 거슬러 주거나 무를 밟고 넘어지거나 해서 주인 여자에게 구박을 받고 어딘가로 사라지곤 한다. 그도 다음 날 어묵 국물로 해장을 하는지는 알 수 없다. 주인 여자는 알바 여자도 자주 구박하는데 너무 손이 커서 덤을 많이 준다는 게 이유이다. 바로 그 이유로 나는 그 집 단골인데, 이를테면 네 묶음에 천 원인 깻잎을 내가 이천 원어치 달라고 하면 알바 여자는 "어머, 하나가 더 딸려 가네" 하며 아홉 묶음을 담고 나는 "어머, 착한 깻잎이네" 화답을 하고 주인 여자는 밉지 않게 눈을 흘긴다.

어느 날인가도 어묵을 먹으면서 채소를 주문했다. 어묵 국물을 충분히 섭취하고 채소를 받아 집으로 돌아가는데 뭔가 기분이 영 개운하지가 않았다. 집에 가서야 내가 어묵만 먹고 채소만 받고 아무에게도 돈을 내지 않고 왔다는 걸 알았다. 곧바로 돈을 치르러 갔더니, 분식집 여자는 "그냥 서비스로 드셔도 되는데" 하면서 웃고, 채소가게 알바 여자는 "어머, 난 받은 거 같은데" 해서 주인 여자의 어김없는 눈 흘김을 받고, 나는 내 정신머리가 그나마 붙어 있는지 나가는 중인지 모르겠고, 그랬다.

나는 우리 동네 전통시장을 사랑한다.

그 분식집만 해도 튀기지 않은 찐 어묵을 파는데,

어묵이 얼마나 담백하고 쫄깃한지,

국물이 얼마나 깨끗하고 시원한지 모른다.

해장으로 꼬불이 어묵 한 꼬치에 국물 두 컵을 마시면

속이 든든하고 술이 다 깬다.

집밥의
시대

대부분의 사람들에게 집밥은 소박하지만 맛깔난 손맛이 담긴 밥상을 의미한다. 집밥이란 말을 들으면 누구나 향수에 젖은 표정을 짓고 입속에 고인 침을 조용히 삼키는데, 이건 순전히 집밥을 하지는 않고 먹고만 싶어 하는 사람들의 환상이 아닐까 싶다. "오늘 뭐 먹지?"라는 잔잔한 기대가 "오늘 뭐 해 먹지?"로 바뀌는 순간 무거운 의무가 된다. 집에서 해 먹는 게 집밥이라면, 집집마다 그 집 부엌칼을 쥔 사람이 다른데 어떻게 그게 죄다 소박하면서 맛깔날 수 있단 말인가. 집밥이 무조건 맛있다고 확신하는 사람은 행복한 사람임에는 분명하지만, 옳지는 않다.

◆◆◆

언제부터 내가 집밥을 싫어하게 되었는지는 비교적 명확하다. 어머니가 현실에 절망하여 종교로 도피해버린 후부터이다. 어머니가 왜 절망했고 어떤 종교로 도피했는지는 얘기하고 싶지 않다. 어쨌든 어머니는 종교에 심취해 채식주의자가 되기로 결심했고, 한 걸음 더 나아가 파, 마늘, 양파, 부추, 달래 등 '오신채'라 불리는 양념조차 입에 대지 않기로 결정했다. 흔히 오신채는 향이 짙어 귀신의 접근을 막는 식재료로 알려져 있다. 어머니가 신봉하는 종교의 교리에 따르면, 억울한 귀신이나 혼령들의 접근을 막는 것은 참으로 야멸차고 비정한 짓이며, 그들이 다가오면 우리는 반갑게 맞이하여 그들의 말을 들어주고 그들과 마음을 트고 지내야 하므로 오신채를 먹으면 안 된다는 것이다. 그런 어머니의 결단이 우리 집 식탁에 불러온 결과는 엄청났다.

어머니는 젓갈은커녕 아무 양념도 없이 김치를 담갔다. 그러니 발효가 될 리 없었다. 배추김치는 배추절임이었고 깍두기는 무절임이었다. 하루 이틀도 아니고 한 달 두 달을 해괴한 김치에 검푸른 나물과 쏩쏠한 된장국만 먹고 살다보니 우리는 더 이상 참을 수 없었다. 그래서 하나둘씩 부엌으로 숨어들어 몰래 자기가 좋아하는 음식을 만들어 먹기 시작했다. 어머니의 부담도 덜어주고 각자 입맛도 충족시키니 일거양득이라 생각했지만 착각이었다. 어머니는 우리의 셀프 요리 행태를 적발하고 노기등등하여 이 집에서는 당신이 만든 음식만 먹어야 하며 당신의 부엌에서 임의로 음식을 만들어 먹는 행위는 일절 금지한다고 선언했다.

우리는 어안이 벙벙했다. 귀신에게조차 그토록 자비로운 종교를 믿는 어머니가 왜 우리에게는 이토록 억압적인지 이해할 수 없었다. 그땐 몰랐지만 어쩌면 어머니는 우리가 음식을 하면서 풍기는 그리운 고기와 양념 냄새를 견딜 수 없었는지도 모른다. 아무튼 지금도 나는 그 당시 우리 집 식탁의 처참한 음식들을 생각하면, 우리를 에워싸고 구경하며 "여긴 정말 우리를 못 오게 훼방 놓는 음식이 아무것도 없군" 하고 기쁜 낯빛으로 수군거렸을 귀신들의 모습이 떠오르는 것만 같다. 그게 아마 어머니의 종교가 꿈꾸던 이상적인 풍경이었을지 모른다.

내가 이십 대 후반 무렵 겨울에 비록 반지하방이긴 해도 처음 독립해 자취를 하면서 가장 좋았던 건 내 부억이 생겼다는 것이다. 그 방에서의 첫 식사를 아직도 기억한다. 이사를 마치고 피곤한 와중에도 나는 기운을 북돋워 시장에 나가 소고기와 콩나물, 꼬막과 양념 거리를 사 왔다. 소고기에 콩나물과 대파를 넣어 고깃국을 끓이고 꼬막을 삶아 양념장을 듬뿍 넣어 조렸다. 내 조그만 자취방은 금세 맛난 고기와 조개, 양념 냄새로 가득했다. 훌륭한 만찬에 소주까지 곁들이니 부러울 게 없었다. 그때 나는 깨달았다. 드디어 어머니의 집밥의 시대가 끝나고 내 집밥의 시대가 열렸다는 것을. 그리고 내가 앞으로 집밥을 좋아하게 될지 싫어하게 될지는 다른 누구도 아닌 오직 내 손에 달렸다는 것을.

5부

나의
별미 별식

유서 깊은
오징어튀김사

오징어튀김에 대한 나의 애착은 유서 깊다. 요즘 웬만한 호프집에 가보면 안주 메뉴에 오다리튀김이 있다. 번번이 시켜 먹고 번번이 실망한다. 대부분 냉동이나 선동船凍 오징어다리를 튀긴 것인데, 내가 좋아하는 오징어튀김은 마른오징어를 불려서 튀긴 것이기 때문이다. 우리 동네 대로변 포장마차에서 파는 오다리튀김은 마른오징어를 불린 것이긴 하지만, 보통의 귀여운 오징어가 아닌 대왕오징어 다리를 말려서 불린 것이라 맛도 별로인 데다 무엇보다 다리 크기가 어마어마한 탓에 거기 붙은 빨판 크기도 어마어마해 얇은 손톱조각을 씹는 것 같은 이물감을 준다.

◆◆◆

어렸을 때 우리 가족이 제일 좋아한 주전부리는 마른오징어구이였다. 마른오징어는 비싸고 식구는 많으니 큰마음 먹고 두 마리를 구워도 한 사람당 반 마리도 못 먹었다. 막내인 나는 빨리 먹지 못해 더 적게 먹었다. 다행히 어머니의 배려로 오징어 입은 내 차지였다. 나는 손과 이를 동원해 단단한 오징어 입을 까서 뾰족한 오징어 이를 빼내고 살만 발라 먹었다. 오징어 입은 단단한 만큼 살도 쫄깃했다. 요즘도 나는 오징어 입을 버리는 사람을 보면 견디지 못한다. 나 같은 사람이 많은지 안주로 오징어 입만 모아주는 술집도 있다고 한다.

아무튼 사정이 이러하니 어머니는 어떻게든 마른오징어를 늘려 먹는 방법을 고민하지 않을 수 없었고, 그 결과 마른오징어를 불려 튀기는 조리법이 등장했다. 반죽을 씌우니 양이 늘어나고 기름에 튀기니 느끼해서 많이 먹을 수 없다는 데 착안한 것이었다. 양을 떠나 우리 가족은 그 맛에 열광했다. 그 후로 마른오징어를 구워는 먹지 않고 튀겨만 먹게 되었다면 얼마나 좋으련만 그렇게 되지는 않았다.

굽는 건 곧바로 구우면 되지만 튀기려면 일단 마른오징어를 반나절 이상 불려야 하니 기다림이 필요했다. 불린 후에도 마른행주로 물기를 닦고 반죽을 입히는 번거로운 과정에다, 무엇보다 엄청난 기름이 들었다. 기름은 어찌어찌 재활용한다 쳐도, 가장 결정적인 문제는 아무리 마른행주질을 꼼꼼히 해도 오징어 살점 속에 밴 물기 때문에 튀길 때 기름이 뻥뻥 튄다는 점이었다. 어느 날 큰 기름방울이 튀어 볼에 가벼운 화상을 입은 어머니는 그것을 핑계로 마른오징어 튀기기를 거부했다. 그래서 우리 가족은 다시 마른오징어를 구워 먹는 원시시대로 돌아갔다.

내가 이십 대 중반이었을 무렵 집 근처 백화점에 갔다가 지하 튀김 코너에서 파는 오징어튀김을 사 먹었는데 놀랍게도 어머니가 어렸을 때 튀겨준 것과 똑같은 맛이 나는 마른오징어튀김이었다. 다만 몸통은 없고 다리만 있었지만 그게 어딘가. 한때 거기서 오징어 다리튀김을 사 먹는 재미로 살았는데 멀리 이사를 하고는 다시 가보지 못했다.

가끔 못 견디게 마른오징어튀김이 먹고 싶으면 이제 내가 직접 튀겨 먹는 수밖에 없다. 일단 마른오징어를 적당한 크기로 잘라 불리는데, 이때 적당량의 소금과 설탕과 맛술을 넣으면 좋다. 불린 오징어는 키친타월로 물기를 제거하고 밀가루를 빈틈없이 묻히고 반죽을 입혀 식용유 오백 밀리그램 정도를 프라이팬에 붓고 튀긴다. 예고 없이 기름이 뻥뻥 튀니 정말 조심하지 않으면 안 된다. 직접 해보면 마른오징어튀김은 절대 집에서 해 먹을 게 못 된다는 사실을 알게 된다. 어머니가 이걸 안 해주게 된 것도 충분히 이해가 간다. 그래도 안 파니 어쩌랴.

그렇게 해 먹기 힘든 소중한 마른오징어튀김을 나는 선거 때만은 꼭 해 먹기로 하고 있다. 지난 대선인 5월 9일에도 해 먹었다. 투표를 하고 돌아오는 길에 한살림 매장에 들러 두 마리씩 포장된 마른오징어를 사다 튀겼다. 오징어 입도 잘 발라내 튀기면 세상에서 가장 쫄깃한 오징어볼이 된다. 개표 방송을 보며 소주에 곁들여 먹으니 무척 맛있었다. 말렸던 걸 다시 불리고 불렸던 걸 다시 닦아 물기를 없애고 가루를 묻히고 반죽을 씌우고 뜨거운 기름에 튀기고 자칫하면 뻥뻥 튀기기까지 하는 그 험난한 과정이, 그러나 그 과정을 통해 훨씬 더 맛있어지는 결과가, 민주주의를 닮았지 않은가.

삐득삐득
고등어

내 의지와 상관없이 오늘의 안주는 반건조고등어로 결정되었다. 생선이라면 무조건 싱싱한 생물이 맛있다고 여기는 사람도 많겠지만 반건조 생선의 야릇한 감칠맛은 먹어본 사람들만 안다. 요즘에 흔히 쓰는 '반건조'라는 말을 나는 어렸을 땐 거의 들어보지 못했다. 지역마다 표현이 달랐겠지만 우리 집에서는 '삐득삐득' 말린다고 했다. 그 시절엔 집집마다 시장에서 생선을 사다 소금을 뿌리거나 소금물에 담갔다 건져 채반에 널어 말려 먹었는데, 우리 집에서는 바짝 말려도 안 되고 덜 말려도 안 되고 반드시 삐득삐득 말려야 했다.

❖❖❖

오늘 오후에 나는 생각지도 못한 선물을 받았는데, 김영란법에 저촉되는 선물은 절대 아니라는 걸 미리 밝혀둔다. 얼마 전에 나는 생긴 지 얼마 안 된 수산물 사이트에서 반건조 고등어와 조기, 박대, 가자미 등을 파는 걸 알게 되었다. 그곳 사장님이 1980년대 '삼민투

위원장'이었던 분이라는데, 뭐 자세히 광고할 수는 없으니 편의상 그곳을 '삐득삐득 수산'이라고 하자. 나는 심사숙고 끝에 삐득삐득 수산에서 우선 반건조고등어 다섯 마리를 주문해서 먹어보기로 했다. 맛있으면 다른 생선도 주문할 생각이었다. 말린 생선은 각기 그 맛이 얼마나 오묘하게 다른지. 신생 사이트라 카드 결제가 안 되고 통장 이체만 됐지만 그 정도 수고로움이야 기꺼이 감수하기로 했다. 주문한 지 이틀 만에 스티로폼 박스에 포장된 고등어가 왔다. 배송 한번 빠르네, 감탄하며 고등어를 차곡차곡 냉동실에 쟁여두었다.

언제 고등어를 구워 밥에 얹어 먹나, 언제 고등어를 조려 술 한잔할까, 즐거운 고민에 빠져 있던 중 놀랍게도 오늘 똑같은 스티로폼 박스가 배달되어 왔다. 지난번에 덜 온 게 있나 싶어 냉동실에 있는 고등어 마릿수를 세어보았지만 정확히 다섯 마리였다. 원 플러스 원인가 싶었지만 그럴 리는 없었다.

보드라운 양심을 가진 나는 박스를 뜯지 않고 삐득삐득 수산에 표시된 연락처로 전화를 했다. 한참을 걸어도 받지 않더니 문자 메시지를 보내자 그제야 확인해보겠다는 답장이 왔다. 역시 신생 사이트라 일이 체계가 없군, 이러다 망하면 큰일인데, 걱정하면서도 일말의 기대가 없었다면 거짓말이리라. 역시 내가 기대한 바대로 잠시 뒤에 "저희 잘못으로 두 번 발송되었습니다. 반송하실 필요는 없고 맛있게 드시고 많이 이용해주십시오"라는 문자가 왔다. 이게 내가 오늘 예상치 못한 선물을 받게 된 사연의 전말이다.

나는 떳떳하게 선물 박스를 뜯어 늠름한 고등어들을 꺼냈다. 문제는 우리 집 냉장고의 냉동 공간이 충분치 않다는 것. 고등어 세 마리는 어찌어찌 쑤셔 넣었으나 남은 두 마리는 어쩌겠는가. 맛있게 드시라 했으니 한 마리는 굽고 한 마리는 조려 밥과 술과 함께 맛있게 먹는 수밖에. 생선 요리엔 된장국이 어울리니 그 전에 얼른 시장에 나가 단골 채소가게에서 아욱이나 근대를 사 올 수밖에. 간 김에 옆집에서 어묵 한 꼬치도 먹고 올 수밖에.

그리하여 오늘 밤 나는 심심하게 된장을 풀고 맛국

물용 흑새우 몇 마리 넣고 아욱 넣고 두부 몇 점 넣어 된장국을 끓였다. 삐득삐득 고등어 중 한 마리는 바작바작 굽고 한 마리는 감자 깔고 땡초 넣은 양념에 맵게 조렸다. 생선을 말리면 살이 단단해지고 깊은 맛이 난다. 뜨거운 밥 한술에 구운 고등어 살을 뜯어 먹는 맛은 기름지고 고소하고, 소주 한 모금에 땡초 곁들여 조린 고등어 살을 먹는 맛은 배릿하고 칼칼하다. 고등어조림의 감자를 잘라 먹거나 아욱된장국을 떠먹으면 입안의 비린내가 싹 가신다. 참 맛있게 먹고는 있지만 한편으로 좀 불안하기도 하다. 이 자리를 빌려 삐득삐득 수산 사장님께 한 말씀 드리고 싶다. 정말 맛있게 먹었습니다. 다음에 주문하면 제발 두 번 발송하지 마세요. 망하면 안 되니까요!

생선을 말리면 살이 단단해지고 깊은 맛이 난다.

뜨거운 밥 한술에 구운 고등어 살을

뜯어 먹는 맛은 기름지고 고소하고,

소주 한 모금에 땡초 곁들여

조린 고등어 살을 먹는 맛은 배릿하고 칼칼하다.

고등어조림의 감자를 잘라 먹거나

아욱된장국을 떠먹으면 입안의 비린내가 싹 가신다.

명색이
콩가루의
명절상

설날이든 추석이든 명절 때 나는 아무 데도 안 간다. 친정도 없고 시댁도 없기 때문이다. 명절에 차례도 안 지내고 함께 모이지도 않는 집안을 콩가루 집안이라 한다면 나는 콩가루 집안 출신의 콩가루이다. 이런 내 사정을 아는 사람들, 특히 내 또래 여성들은 나를 얼마나 부러워하는지 모른다. 콩가루에 대한 로망을 가진 그들은 한술 더 떠 긴 연휴 동안 자유롭게 여행이라도 떠나지 그러느냐고 권하는데 이건 뭘 몰라도 한참 몰라서 하는 소리다.

내가 여행을 별로 즐기지 않는 탓도 있지만, 내 생각에 긴 연휴 동안 집구석에서 자유롭지 않은 사람들만이 집구석을 떠나 어디로든 여행을 가려는 생각을 하는 것 같다. 집구석에서 한껏 자유로운 나는 더 자유롭기 위해 굳이 여행을 떠날 필요를 전혀 못 느낀다. 그리고 설사 여행을 가고 싶은 마음이 들더라도, 나는 평생 취업 한 번 하지 않고 자유 직종에 종사하며 살아온 자유인으로서의 윤리랄까 도의랄까, 그런 게 있어서 번듯한 직장인들이 놀러 가고 고향 가고 여행 갈 때는 가급적 안 움직이는 걸 원칙으로 하고 있다. 그들이 출근해서 열심히 일할 때 여유롭게 여행을 가면 될 걸, 하필 말도 못하게 붐비는 명절 연휴에 티켓과 여로를 놓고 그들과 경쟁할 필요가 있겠는가 말이다. 콩가루가 되어본 적 없는 가여운 사람들만이 그런 깊은 뜻을 헤아리지 못하고 자꾸 여행 타령을 한다.

◆◆◆

　그래도 명색이 명절이 되면 나도 몇 가지 음식을 만들어 먹기는 한다. 시장이나 마트가 며칠씩 쉬니까 미리 반찬거리를 준비하는 차원에서이다. 식생활에 있어서만은 제법 계획적인 데가 있는 나는 명절 며칠 전부터 뭘 만들어 먹을지 한동네에 사는 작은언니와 면밀히 상의한다. 물론 작은언니도 갈 데 없는 콩가루이고, 그런 까닭에 우리 자매는 서로에게 든든한 친정이 되어주는 사이다. 차례상에 올릴 음식이 아니니 자유롭게 두 콩가루가 먹고 싶은 걸로만 결정하면 된다. 지난 설에 우리는 동그랑땡과 김치찌개, 도미찜과 콩나물국을 만들어 먹기로 했다. 이 무슨 이상한 조합인가 싶겠지만 술자리를 떠올리면 모든 게 이해가 된다.

남부럽지 않게 전 하나는 부쳐야지 싶어 전 중에 우리가 가장 좋아하는 동그랑땡을 부쳐 안주로 먹었고, 기름내 맡고 전 부치느라 속이 느끼하니 신 김치에 돼지목살 넣고 얼큰하게 찌개 끓여 안주로 먹었고, 명절이라고 너무 고기만 먹으면 안 되지 싶어 냉동실에 있는 반건조도미를 해동해 고명 얹어 쪄 먹었고, 연일 음주로 힘든 속은 매일 아침 파 듬뿍 넣은 콩나물국으로 다스렸다. 하루는 우리 집에서 먹고 다른 하루는 언니네 집에서 먹었다. 연휴가 끝나갈 즈음 양쪽 집구석에 먹을 게 하나도 남지 않자 얼씨구나 좋다고 치킨을 시켜 낮술도 먹고 야밤엔 라면 끓여 반주도 했다.

이렇게 음풍농월하며 긴 명절 연휴를 다 보내고 나면 어느덧 원고 마감이 코앞에 들이닥친다. 그렇게 원 없이 먹고 마시고 쉬었는데 일할 맛이 안 나면 인간도 아니지 싶어 도서관에 나와 앉아 글을 쓰고 있노라니,

지난 설에 먹은 부드럽고 고소한 도미찜 맛이 아련히 떠오른다. 입가에 미소가 돌고 명절이 이래서 좋은 거구나 싶다. 태곳적 조상들이 명절을 기리고 기다렸던 이유도 이렇게 휴식과 충전, 감사와 즐김의 시간이 필요해서였을 것이다. 그런데 우리 사회는 그런 참뜻을 잊은 지 오래인 듯하다. 그런 의미에서 명절의 참뜻은 소수 콩가루들의 삶 속에서만 겨우 명맥을 이어가고 있다는 게 내 생각이다. 설은 지나갔고 추석은 언제 오나, 콩가루는 간절히 그때만 기다린다.

special
day

졌다,
간짜장에게

오래전부터 단골로 가는 중국집이 있다. 원래 짜장면을 좋아하지 않아 어딜 가도 짬뽕을 시키는 내가 그 집에만 가면 간짜장을 시켜 먹는다. 그 집은 팔보채도 맛있다. 그래서 작은언니와 나, 애인 이렇게 셋이 가면 팔보채 중짜를 시키고 간짜장 이 인분을 세 그릇으로 나눠달라고 해서 먹으면 딱 맞는다. 간짜장을 맛있게 먹으려고 나는 그 맛있는 팔보채를 덜 먹는 자제심까지 발휘한다.

어느 날은 한밤중에 자다 깨어 내일은 그 집 간짜장을 먹으러 가야지 생각하고 기쁜 마음으로 다시 잠들기도 한다. 심지어 술 먹은 다음 날도 그 집 간짜장이 간절히 먹고 싶을 때가 있다. 그러면 무조건 간다. 작취미성에 봉두난발을 하고라도 간다.

워낙 오랜 단골이라 우리가 가면 카운터의 여자 매니저와 홀을 관리하는 남자 매니저가 반갑게 맞아준다. 주문을 받는 직원마저도 우리가 뭐라기도 전에 "팔보채 중짜에 간짜장 둘을 셋으로요?" 하고 미리 아는 척을 해서 "아니 오늘은 탕수육으로" "오늘은 깐풍기

로” 하고 메뉴를 변경하기가 미안할 지경이다. 요리 메뉴는 가끔 바뀌지만 간짜장 둘을 셋으로 나누는 코스는 불변이다.

어느 날인가도 팔보채에 간짜장을 나눠 먹고 나오면서 늘 그렇듯 정규직인 작은언니가 계산을 했다. 언니와 카운터의 여자 매니저가 계산을 할 동안 나는 뒤편에서 냅킨으로 짜장이 묻은 입을 쓱쓱 닦고 있었는데, 갑자기 언니가 나를 돌아보더니 걱정스러운 표정으로 말했다.

"여선아, 네 독자시래."

나는 입을 닦던 동작을 멈추고 그대로 굳어버렸다. 며칠 감지 않은 머리에 화장은커녕 세수도 안 한 얼굴에 허름한 차림에 슬리퍼에, 안 봐도 내 꼴이 머릿속에 쫙 스캔되었다. 잠시 후 내 입에서 나온 말은 "저, 저, 절 어떻게 알아보셨어요?"였다.

내 경악에 관계없이 여자 매니저는 어느새 내 책을 꺼내 들고 눈을 빛내며 말했다. 오래전부터 팬이었다, 혹시 알은척을 하면 불편해하실까봐 안 하고 있었는데 이번 책은 너무 좋아서 읽다가 눈물이 났다, 그래서 사인을 받고 싶다, 이런 내용이었는데 그 얘기를 듣는 동안 나는 감동이 파도처럼 밀려오기보다 부끄럽고 당황하여 눈물이 났다. 오래전부터라니. 나는 오래전부터 지금의 꼴보다 더 안 좋은 꼴로 오직 간짜장을 먹겠다는 일념으로 그 집에 온 적이 부지기수였고 팔보채의 전복 개수가 모자란다고 따진 적도 있고 간짜장이 빨리 안 나와서 직원을 닦달한 적도 있고 술을 먹고 큰소리로 떠들어댄 적도 있고 또…… 아, 그만하자.

나는 입을 닦던 더러운 냅킨을 왼손에 꼭 움켜쥐고 떨리는 오른손으로 그녀가 내민 펜을 받아 첫 장에 사인을 했다. 왼편 표지 날개에 붙어 있는 내 사진을 보니 더욱 의아했다. 이렇게 판이한데 어떻게 날 알아본 걸까.

그 이후로 번민이 깊었다. 간짜장은 먹고 싶은데 이 꼴로 그 집에 가도 될까. 이미 보일 꼴 못 보일 꼴 다 보인 판국에 이제 와서 새삼스레 무슨? 이제라도 알았으니 내 오랜 팬에 대한 예의로다가…… 뭐라고? 작가가 글이나 잘 쓰면 되지 무슨 돼먹지 않은 외모로 팬서비스 할 일 있나? 그렇지, 글을 잘 쓰려면 잘 먹어야 하고 그러려면 간짜장도 먹어야 하고…… 아니다, 아니야! 이 꼴로는 차마 못 간다, 다시 검열이 작동하고. 그래서 작은언니와 애인의 조롱을 받으면서도 한동안 그 집엘 못 갔다.

요즘은 다시 간다. 간짜장의 완승이다. 그나마 팬을 의식하고 좀 덜 추하게 먹으려 해도 간짜장은 입가에 소스를 묻혀가며 면을 쭉쭉 빨아들여 먹는 게 제일 맛있으니 어쩔 수 없다. 이젠 제법 넉살이 좋아져 눈도 못 마주치던 여자 매니저에게 잘 먹었다는 인사도 하고, 포스트잇을 선물로 주면 고맙게 받기도 한다. 그래도 간짜장을 먹으러 갈 땐 좀 긴장이 된다. 반드시 세수는 하고 머리는 빗고 간다. 유명해진다는 건 이렇게도 불편한 것이다. 그래서 더 유명해지기 전에 '권여선의 인간발견'이든 '오늘 뭐 먹지?'든 다 그만 쓰려 한다. 애독해주신 분들께 고마움을 전한다. 그러니 이제 각자 고민하시라. 오늘 어떤 인간을 발견할지, 오늘 뭐 먹을지는. 난 아무도 모르게 파묻혀 소설만 쓸 거다.

진짜다.

인터뷰

그의 소설이
맛있는 이유

그의 소설이
맛있는 이유

권여선 × 전종휘

작가 권여선은 내면의 우물에서 물을 길어올려 밥을 짓고 국을 끓이는 작가라고 말할 수 있다. 우물이란 무엇인가. 어떤 작가는 아이템을 정하고 관련 인물들을 취재한 결과물을 토대로 작품을 쓰는 반면, 권여선은 자신과 가족, 친구 등 주변에 대한 끈질긴 관찰과 말 걸기를 통해 얻은 정보를 비틀고 뒤섞은 뒤 씨줄과 날줄 삼아 작품을 엮는다. 등단작 《푸르른 틈새》(1996년 첫 출간, 2024년 문학동네에서 개정판 출간)부터가 그렇다. 그는 등단 전 PC통신의 세계에 푹 빠져 지냈는데, 모뎀 접속이 끊길 때마다 심심풀이로 소설을 쓰기 시작했다.

첫 작품에서 시작해 1980년대 학생운동권 이야기를 다룬 《레가토》(창비, 2012)에 이르기까지 등장하는 인물들을 조합하면 권 작가가 어떻게 살아왔는지 어렴풋한 윤곽이 그려진다. 요약하자면 이렇다.

1960년대 경북 안동에서 태어나 어릴 적엔 부산에서 살았다. 아버지는 1년에 열 달은 배를 타는 외항선

원이었으며 어머니는 요리에 소질 있는 자상한 분이었다. 본인은 고등학교 때는 수학을 잘했고 디스코텍을 다녔다. 대학 국문과에 진학해 운동권 서클에서 활동했다. 지금은 술과 안주를 사랑하는 시민으로서 술 마신 다음 날 뜨거운 물에 봉지 커피를 타 후루룩 마신 뒤 해장하러 가거나 집에서 직접 해장한다.

이런 자전적 이야기 속에 권여선 소설의 등장인물들은 고뇌하고 부대끼고 성장한다. 이를 두고 작가 정여울은 "작가 권여선은 '외부의 서사'가 아니라 '내면의 서사'로 작품을 직조하고 있다는 느낌"이라고 말했다. 이런 권여선의 작가로서 태도를 갖춘 인물이 실제 그의 소설에도 나온다. 네 번째 소설집《비자나무 숲》(문학과지성사, 2013)에 수록된 단편〈팔도기획〉이다. 자그마한 출판사에 일거리를 찾아온 윤 작가는 대학 국문과를 졸업하고 대학원을 1년 다닌 인물이다. 닭발로 돈을 번 요식업체 사장의 자서전 대필 작업에 투입된 그는 인터뷰를 따러 가자는 제안을 거부한다. 소설을 쓸 때 취재와 자료 수집은 하지만 인터뷰나 녹취는 못하며 활자화된 자료만 볼 수 있다고.

그런 면에서 권여선의 작품은 상당 부분 '후일담 소설'이기도 하다. 작가도 이런 규정을 마다하지 않는다. 그는 서면 인터뷰에서 "동의합니다"라면서도 뒤에 출간한 《레가토》를 두고 "운동권의 '후일담 소설'이란 말은 다소 폄하의 의미를 내포한 말인데, 저는 운동권이든 아니든 그저 모든 소설이 결국은 '후일담'이 아닌가 생각하며, 그 협소한 규정에 갇히지 않으려 할 따름입니다"라고 말했다.

그렇다면 작가님 인생에서 가장 중요한 사건은 무엇이었습니까.

"제가 대학원 박사과정 시험을 보는 날 아침에 아버지께서 교통사고로 돌아가신 일입니다. 제가 시험을 망칠까봐 가족들이 시험이 끝날 때까지 알리지 않았는데, 그런 배려에도 불구하고 저는 시험에서 떨어졌습니다. 그 후로 더는 어떤 시험도 보지 않기로 결심했고, 그래서 시험 안 보는 소설가가 되었는지도 모르겠습니다."

그의 작품 세계에서 첫 번째 큰 변곡점은 역사적 사건을 소재로 한 사회성 짙은 작품을 잇달아 내놓으면서 처음 찾아온 것으로 보인다. 권여선 소설의 두 번째 결이다. 등단 16년 만인 2012년 1980년대 학생운동권에 몸담았던 이들의 순수와 폭력성, 그리고 5·18 광주 민주화운동 얘기를 담은 《레가토》를 내놓았다. 2년 뒤엔 1974년 일어난 인민혁명당(인혁당) 재건위 사건을 다룬 《토우의 집》(2014년 첫 출간, 2020년 자음과모음에서 개정판 출간)을 발표했다. 《레가토》는 학생운동권 내부의 그릇된 성폭력 행태를 그대로 까발렸다는 점에서 일부 시비가 붙었다. 이에 대해 권여선은 2018년 "왜 운동권에서 그런 일들이 일어난 것처럼 썼느냐 하는데, 사실 그런 일들이 일어났어요. 설사 일어났더라도 그렇게 소설에 써서 운동권의 명분을 훼손하고 그러느냐 개탄하는 의견도 있던데, 저는 훼손당할 게 있으면 훼손당해야 한다는 입장"(〈악스트〉 인터뷰)이라고 밝힌 바 있다. 작가한테 이 세상에서 남성 성폭력이란 그야말로 진절머리 나는 일이다.

　권여선은 누가 뭐래도 '술과 안주'의 작가다. 그의 소설 곳곳에 질펀하게 혹은 가슴 시리게 등장하는 술과 안주의 향연은 읽는 이로 하여금 끝없는 식욕을 불러일으킨다. 작가가 이를 집대성한 작품이 《오늘 뭐 먹지?》(2018년 첫 출간, 2024년 개정판 《술꾼들의 모국어》 출간)다. 이 책은 표지에 '권여선 음식 산문집'이라는 외피를 쓰고 있으나 작가는 '들어가는 말'에서 "내게도 모든 음식은 안주이니, 그 무의식은 심지어 책 제목에도 반영되어 소설집 《안녕 주정뱅이》를 줄이면 '안주'가 되는 수준이다"라고 실토한다. 이 책은 사계절에 맞춤하게 소주와 함께 먹을 만한 안주들을 소개한다. 나들이 가기 좋은 봄엔 순댓국과 만두, 김밥을 작가만의 맛을 돋우는 방법과 함께 소개하고 무더운 여름용으로는 냉면과 물회, 땡초, '까죽나물'을 맛깔나게 먹는 방법을 가르쳐준다.

그래서 권여선 작가한테 특별히 부탁했다. 지루한 장마가 끝나고 〈한겨레21〉 '주정뱅이 독자'들이 소주 한잔하며 즐길 수 있는 특급 안주 비법을 소개해달라고 했다. '술과 안주의 장인' 권 작가가 독자에게 추천하는 그만의 레시피를 소개한다.

"요즘 논우렁이살에 맛을 들여 이것저것 해먹고 있습니다. 논우렁이살을 넣은 강된장도 맛있지만, 안주로 먹으려면 논우렁이살에 여러 가지 채소를 넣고 매콤새콤하게 무쳐 먹으면 골뱅이보다 더 쫄깃하고 담백하고 맛있습니다. 비 오는 날이면 논우렁이살을 넣고 부침개를 해먹어도 좋아요. 김치전이나 부추전도 좋지만, 저는 주로 냉장고에 있는 아무 채소나 툭툭 썰어 넣고 논우렁이살을 섞어 부칩니다. 그러니까 논우렁이살과 아무 채소만 있으면 무침과 부침, 두 가지가 다 가능합니다."

늘 가슴속에 품고 사는 '내 인생의 한마디'는 무엇인가요.

"술을 좀 줄이자. 죽을 때까지 먹게."

권여선은 《토우의 집》에선 대법원 확정판결 열여덟 시간 만에 주범으로 몰린 여덟 명을 사형시킨 국가폭력의 상흔이 당사자에게 머물지 않고 아이들과 그 가족한테 그대로 이어지는 것임을 고통스럽게 고발한다. 이 작품을 쓴 배경에 대해 그는 첫 산문집의 '김밥' 편에서 이렇게 설명한 적 있다.

내가 서른 살이나 서른한 살쯤이었을 때, 술자리에서 우연히 만나 부쩍 친해진 여자친구가 있었다. 그친구는 어렸을 때 아버지를 여의었는데, 그 친구의 아버지는 정치범으로 잡혀가 모진 고문을 겪다가 결국 사형을 당했다고 했다. 그 사건은 나도 대학 때 들어 알고 있던 사건으로, 독재 시절의 사법살인으로 유명한 사건이었다. _《술꾼들의 모국어》44쪽

이 두 작품은 작가 권여선의 글이 드넓은 해방의 평

야로 나아가기 위해 반드시 넘어서야 하는 산봉우리 같은 것이었다. 인혁당 사건에 앞서 5·18은 그가 대학 초년병 시절 광주 학살 동영상을 보며 느낀 충격이 마음의 부채가 됐다.

《레가토》와 《토우의 집》 이후 작품의 소재가 다양해 진 듯합니다.

"《레가토》와 《토우의 집》은 제가 소설가가 되면 꼭 써야 겠다고 다짐한 소설들입니다. 그 소설들을 쓰고 나자 마음의 짐을 내려놓은 느낌이었고, 이후 소설을 쓸 때 특별한 의무감을 느낀 적은 없습니다. 그저 현실 속 다양한 인물들의 이야기를 쓰자 생각했고, 그러다보니 이런 저런 인물들의 이야기를 쓰게 되었습니다."

작가 권여선의 매력 가운데 하나는 우물에서 길어올린 물로 어떻게 맛있는 밥과 반찬을 만드는지를 감성적으로 보여주는 서사 능력과 절묘한 묘사일 것이다.

그의 소설이 맛있는 이유다. 먹고 마신다는 것은, 누구에겐 그저 하루하루 반복되고 지루한 일상일 수도 있지만 권여선은 술과 음식의 맛과 그것을 만드는 과정을 통해 소설의 분위기를 이어가고 상황을 설명하며 인물의 성격을 드러낸다. 이를테면 인혁당 사건을 다룬 장편소설《토우의 집》에선 인혁당 관련자인 덕규의 부인 '새댁'이 만드는 계란볶음밥이 가족 흥망성쇠의 은유로 쓰인다.

새댁은 프라이팬 손잡이를 단단히 쥐고 놋숟갈을 힘차게 휘둘렀다. "눌은 놈도 있고 덜 된 놈도 있어야 맛이 골고루 나거든." 밑바닥에 눌었던 갈색 계란물이 올라오고 새 계란물이 밥알 사이로 퍼져 병아리색 계란볶음밥이 되었다. 새댁은 구운 김을 부숴 넣고 깨를 뿌리고 참기름 한 방울을 떨어뜨렸다.

_《토우의 집》74쪽

이처럼 입맛 당기던 계란볶음밥은 남편 덕규가 형장

의 이슬로 사라지고 그의 가족이 파탄 나기 시작하는 즈음에 다시 등장한다. 새댁의 정신이 조금씩 이상해지기 시작할 즈음 집주인 순분이 새댁네 둘째딸 원이한테 달걀볶음밥을 만들어준다. 그런데 어린 원은 먹던 숟가락을 내려놓으며 이렇게 얘기한다.

우리 어머니는 이렇게 안 하신단 말이에요! (…) 우리 어머니는 처음부터 이렇게 통째로 놓고 먹는단 말이에요. 옆에 깍두기도 놓고, 보리차도 놓고, 처음부터 그렇게 먹는단 말이에요! (…) 또, 또, 눌은 놈도 있고 덜 된 놈도 있고 찔깃한 놈도 있고 보들한 놈도 있고, 그렇게 다 있는 거란 말이에요!

《토우의 집》 271쪽

이를테면 계란볶음밥은 이들 가족이 다시 돌아갈 수 없는 과거 평화와 번영의 상징이다.

《토우의 집》 출간으로 마음의 무거운 빚을 내려놓은

작가가 2년 뒤 2016년 《안녕 주정뱅이》(창비, 2016)를 내놓은 건 어쩌면 자연스러운 귀결이다. 술과 안주에 대한 작가의 탐닉 본색이 드러난 이 작품으로 작가는 "한국 주류酒類문학의 위엄"을 알렸다는 평가를 받았다. 〈봄밤〉에선 치료시설에 갇힌 등장인물 영경이 시설을 나오자마자 편의점에 들러 소주 세 병을 컵라면과 함께 해치운다. 영경은 스스로 알코올중독 단계에 있음을 고백한 작가의 분신으로도 보인다. 권여선은 '작가의 말'에서 "나는 30년 넘는 음주 이력을 거치면서 온갖 우려와 질타, 냉담과 무시, 위협과 압박을 받아왔다"라고 밝힌다. 그는 본인이 알코올중독일 수 있다는 겸허한 인정의 근거로 "술을 마시기 위해 거짓말을 한다" "어떤 술자리에서도 결코 먼저 일어나자는 말을 하지 않는다"라는 지인의 지적을 든다.

영화 〈타짜〉의 평 경장이 "내가 화투고 화투가 나인 물아일체의 경지"를 선보였다면, 권여선은 술과 안주에 자신까지 곁들인 세 가지가 어우러지는 '삼위일체론'을 내세운다.

술과 음식이 개인 권여선과 작가 권여선한테 어떤
의미인지 궁금합니다.

"'술과 음식'이라고 하면 안 되고 '술과 안주'라고 해야
합니다. 저에게 그 둘은 달라붙어서 떨어질 수 없는 관
계인데, 그 둘에 제가 또 들러붙어 삼위일체가 되어야
비로소 의미가 발생합니다. 개인으로서는 술에 약간 중
독돼 있어 위험하고, 작가로서도 술 먹고 깨는 시간이
점점 오래 걸려 역시 위험합니다. 하지만 평생 이 정도
의 위험은 감수하며 살고 싶습니다. 위험은 언제나 의미
를 낳기 때문입니다."

음식과 안주로 세상과 사람의 단면을 표현하는 이
작가한테 혀가 맛을 보고 목구멍으로 넘기는 것에 대
한 구분과 묘사는 더 섬세해야 한다. 작가는 《안녕 주
정뱅이》에 수록된 단편 〈이모〉에서 설명한다. 요리는

불과 물과 재료에만 집중해야 하는 일이며 하면 할수록 창조적인 작업이라고, 똑같은 요리를 반복해도 결단코 똑같은 맛을 낼 수 없다는 사실이 매혹적이라고 말이다.

그런 권여선한테 흔히들 '집밥 예찬론'이라는 이름으로 모든 집밥을 숭앙하는 문화는 꽤 마뜩잖은 현상이다. 재료가 다르고 만드는 사람이 다 다른데 어떻게 모든 집밥이 맛있다고 얘기할 수 있느냐는 것이다. 이는 나름 요리에 대한 작가의 자신감 표현일 수도 있겠다.

집에서 해 먹는 게 집밥이라면, 집집마다 그 집 부엌칼을 쥔 사람이 다른데 어떻게 그게 죄다 소박하면서 맛깔날 수 있단 말인가. 집밥이 무조건 맛있다고 확신하는 사람은 행복한 사람임에는 분명하지만, 옳지는 않다. 《술꾼들의 모국어》 183쪽

《안녕 주정뱅이》 이후 권여선은 자신의 과도한 음주

와 작품 속 음주 및 음식 섭취 장면을 자제하겠다고 밝혔다. 이후 출간한 장편소설 《레몬》(창비, 2019)과 소설집 《아직 멀었다는 말》(창비, 2020)에선 확연히 변화가 감지된다. 대신 작가는 《아직 멀었다는 말》의 첫 단편 〈모르는 영역〉에서 조금씩 익숙함을 벗어나 '알지 못하는 것'으로 관심의 영역을 옮긴다. 오랜만에 만난 아빠와 딸의 대화는 마치 선문답 같다.

대사의 연장선상에서 보면 권 작가는 모른다는 것과 무엇인가에 대해 아는 것을 안다고 말하는 것에 두려움을 점차 느끼는 것처럼 보인다. 이런 물음에 권여선은 "실제로 그런 두려움이 있습니다. 언제나 안다는 것은 특정한 관점에서만 아는 것일 뿐, 다른 관점, 다른 측면에서는 여전히 모르는 상태라고 생각합니다. 결국 소설가는 자기가 아는 이야기를 쓸 수밖에 없겠지만, 그 이야기 속의 어떤 면은 모를 수 있다는 숙명적인 한계를 알고는 써야 한다고 생각합니다"라고 말했다.

현재 구상 중이거나 집필 중인 작품이 있나요.

"지금은 아무 작품도 쓰고 있지 않습니다. 앞으로 어떤 작품을 쓸지 구상하고 있지도 않습니다."

실망하긴 이르다. '주류문학의 마에스트로' 권여선은 그의 독자들이 기다려왔음직한 한마디를 잊지 않았다.

독자들은 이대로 진정한 주류酒類 작가 권여선을 잃는 건가요.

"그럴 리가요! 적당한 텀을 두고 다시 주류문학으로 돌아갈 겁니다. 늙은 주정뱅이의 세계가 얼마나 매혹적인 비참의 경지인지 독자들이 알게 만들고 싶습니다."

— 이 글은 2020년 〈한겨레21〉(1326호)이 기획하고 연재한 '21이 사랑한 작가들' 가운데 전종휘 기자가 쓴 권여선 작가의 인터뷰를 편집해 수록했음을 밝힌다. 작품 정보는 초판과 개정판 모두를 표기했고 본문 인용은 최신판을 기준으로 삼았다.

술꾼들의 모국어

ⓒ 권여선 2024

초판 1쇄 발행 2024년 9월 15일
초판 2쇄 발행 2024년 10월 2일

지은이   권여선
펴낸이   이상훈
문학팀   최해경 박선우
마케팅   김한성 조재성 박신영 김효진 김애린 오민정
펴낸곳   (주)한겨레엔 www.hanibook.co.kr
등록   2006년 1월 4일 제313-2006-00003호
주소   서울시 마포구 창전로 70 (신수동) 화수목빌딩 5층
전화   02) 6383-1602~1603 │ 팩스 02) 6383-1610
메일   munhak@hanien.co.kr
ISBN   979-11-7213-126-5 03810